Mi vida
como estrella de
cine

Coordinación editorial: Mª Carmen Díaz-Villarejo
Maquetación: Copibook, S.L.
Traducción del inglés: Mª Dolores Crispín
Título original: *My Life as a Stuntboy*

© Del texto: Janet Tashjian, 2011
© Ilustraciones: Jake Tashjian, 2011
  Publicado por primera vez por Henry Holt and Company
© De la presente edición: Macmillan Iberia S.A., 2011
  c/ Capitán Haya, 1 - planta 14. Edificio Eurocentro
  28020 Madrid (ESPAÑA)
  Teléfono: (+34) 91 524 94 20

  www.macmillan-lij.es

ISBN: 978-84-7942-838-9
Depósito legal: NA-1247-2011
Impreso en Gráficas RODESA (ESPAÑA) / *Printed in Gráficas RODESA (SPAIN)*

GRUPO MACMILLAN: www.grupomacmillan.com

JANET TASHJIAN

Mi vida como estrella de cine

Dibujos de
JAKE TASHJIAN

MACMILLAN
Infantil y Juvenil

¡SOCORRO!

EL PRIMER DÍA DE CLASE ES siempre el peor día del año. Es como si un cirujano loco te tumbara en una mesa de operaciones y te arrancara del pecho un órgano importante llamado *verano*. No se da cuenta de cuánto *necesita* un niño ese órgano, tanto como el hígado o el bazo. Me siento como si estuviera lleno de moratones al volver al cole y ni siquiera he entrado todavía en la clase. A lo mejor, si voy a la enfermera, le daré lástima y me conectará a una máquina de cuidados intensivos. Pero, antes de que pueda dictar mis últimas voluntades, mi

cirujano

moratón

amigo Matt me da en el brazo y me saca de mi pesadilla diurna.

—Este año no va a ser tan malo como los otros, seguro.

Matt se da cuenta de que le cuelga de la manga la etiqueta del precio de su camisa nueva y se la arranca mientras hablamos.

Cuando nos enteramos de que íbamos a tener al señor Maroni este año, Matt y yo casi nos entusiasmamos con la vuelta al colegio.

—Va a ser genial tener por fin un profesor...; nunca he tenido uno, siempre ha sido profesora.

Me imagino un colegio lleno de profesores hombres, sofás, patatas fritas y televisores de pantalla plana.

ensoñación

Matt me saca de mi ensoñación con un pitido como los que suenan en los programas de concursos para echar a un concursante que ha perdido.

—Acaban de anunciar que el padre del señor Maroni murió hace dos días y que se va a trasladar a Cincinnati para cuidar de

concursante su madre.

—¿QUÉ?

Ya es bastante malo el primer día de clase, no necesitas que te den un golpetazo cuando todavía estás en tu taquilla.

—¿Quieres saber a quién nos han puesto en su lugar? —pregunta Matt.

No tengo ni la más remota idea de quién va a ser el amo de mi universo este año.

—La señorita Abrazos.

No es que no me guste la señorita Mc-Coddle —es guay, joven y tiene un pelo superrubio—, pero Matt y yo fuimos sus alumnos en la escuela infantil y aunque ahora ya somos mayores, ella sigue pensando que somos unos críos. Estaba bien cuando teníamos cinco años y ella nos decía que la llamáramos señorita Abrazos y nos abrazaba cuando nos caíamos en el recreo, pero ahora casi nos ponemos colorados cuando la vemos por los pasillos.

Intento analizar nuestra nueva situación.

—Opción uno: la señorita McCoddle es una persona de trato fácil porque está acostumbrada a relacionarse con niños pequeños

analizar

y no vamos a tener que ponernos las pilas en todo el año.

Matt tiene una opinión diferente.

—Opción dos: trata de compensar que ha sido maestra de infantil y es superdura con nosotros.

—Para un año que íbamos a tener un profesor... tenía que pasar algo que lo estropeara.

Nuestros peores temores se hacen realidad cuando pasa la señorita McCoddle.

—¡Derek! ¡Matt! ¿Os habéis enterado de la buena noticia?

Los dos bajamos la vista para mirar nuestras zapatillas y decimos que sí.

—Estoy preparando las colchonetas y los zumos. ¿Me ayudáis?

Matt y yo la miramos como si nos acabara de pedir que atropelláramos al director con nuestro *skate*.

La señorita McCoddle se ríe tan fuerte que resopla.

—¡Es una broma! Vamos a empezar por la guerra civil americana. Preparaos para un debate feroz.

feroz

Aterrorizados, la observamos mientras se marcha por el pasillo.

—La opción dos ha entrado en vigor oficialmente— dice Matt.

Apenas le oigo porque estoy ya a mitad de camino de la enfermería para ver si la enfermera puede programar una operación de emergencia y así acabar con mi sufrimiento.

¡POBRE DE MÍ!

Carly y María están que se salen de alegría. Ellas también tuvieron a la señorita Mc-Coddle en infantil y revolotean alrededor de su mesa como las gaviotas en el puerto cuando buscan sobras de comida.

revolotear

Los adornos de la clase del señor Moroni hacen que le eche de menos todavía más. Fotos de astronautas, puentes, gorilas y soldados luchando me recuerdan que hemos sido derrotados por los dioses de este colegio, que insisten en causarnos continuo sufrimiento. Intento consolarme echando un vistazo a escondidas a mi libro de Calvin y

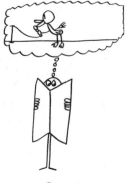

ficción

ausencia

Hobbes que tengo escondido en mi mesa, pero ni siquiera mis amigos de ficción preferidos pueden sacarme hoy de mi dolor.

La señorita McCoddle nos ha dicho que lleva varios años queriendo cambiarse a nuestro nivel y que ahora la ausencia del señor Maroni le va a dar la oportunidad de cumplir su sueño. Yo también tengo sueños...; mi sueño consiste en mirar por la ventana y pensar en un plan para escaparme. Miro a Matt y parece que está pensando lo mismo.

La señorita McCoddle se pasa la primera media hora hablando de cómo va a llevar la clase, y luego nos manda a la biblioteca para que elijamos un libro para nuestro tiempo de lectura libre. Cuando voy hacia la puerta, me aparta de los demás.

—La señorita Williams me ha contado que solías hacer dibujos para ilustrar tu vocabulario. ¿Lo sigues haciendo?

Le digo que la señorita Williams, la especialista en lectura, y mi madre me obligaron a hacerlo, pero que ahora es una costumbre de la que casi disfruto. Le enseño algunas de las ilustraciones que he hecho esta semana y menos mal que no empieza a darme abrazos, solamente hace un gesto de aprobación con la cabeza.

Joe, que lleva torturándome desde primero, me espera en el pasillo.

aprobación

—¿Estás intentando quedar bien con la profe nueva enseñándole esos monigotes tuyos tan idiotas?

Me gustaría decirle a Joe que él podría pedirles a mis monigotes algunos consejos para hacer dieta, pero no me apetece que me dé un empujón contra la vitrina de trofeos del colegio.

—*Anime*. Eso sí que son dibujos de verdad.

Me planta delante de la cara el libro que acaba de sacar de la biblioteca.

Me doy cuenta de que me estoy jugando la vida al corregir a Joe, pero siento que tengo que hacerlo.

—En realidad, *anime* es cuando los dibujos se mueven: son los dibujos animados japoneses –le explico–, como en nuestros

manga

humillar

dibujos animados o en las películas de animación. Es como "animado". Cuando se refiere a un libro se llama *manga*. Deberías preguntarle a Matt, que es un experto.

Joe parece como si acabara de caerle un piano de cola en su cabeza rapada. Busca palabras en su mente llena de telarañas, pero no encuentra; si este tío no se hubiera dedicado a humillarme durante años, casi sentiría pena por él.

—¿Desde cuándo eres tan listo? —me pregunta—. Me caías mejor cuando eras tonto.

Quiero decirle que *no* soy listo, que mis notas suelen ser espantosas y que cada hoja de deberes es una lucha. Pero estoy demasiado ocupado tratando de digerir las palabras *Me caías mejor cuando...* Yo creía que Joe era mi enemigo ¿y ahora me dice que *le caía bien*? ¿Cuál va a ser la siguiente sorpresa...?: ¿que una de las vigilantes del comedor quiere quedar conmigo después de clase para ir a trepar por los árboles?

Matt ha examinado todos los demás libros de manga; cuando miro los del montón, me doy cuenta de que ya los ha leído todos. Mi cabeza estalla solo con pensar que alguien haya leído de verdad un libro del colegio más de una vez. Sacudo la cabeza con asombro y me voy sin rumbo por el siguiente pasillo.

estalla

Ya sé que la mayoría de los alumnos disfruta mirando los libros de la biblioteca, pero para mí siempre ha sido una de las partes del colegio menos apetecibles. Otros estudiantes echan un vistazo a estas estanterías y se sienten atraídos por historias y personajes diferentes; a mí, los lomos de los libros me devuelven la mirada como si fueran una línea de gángsteres cargados con munición. *¿Te crees que puedes leernos, zoquete? Atrévete a intentarlo...: te vamos a machacar.*

munición

Mientras busco entre los libros uno que tenga los capítulos más cortos y el menor número de páginas, Carly aparece a mi lado y señala el libro que tengo en la mano.

—No cojas ese —dice—. La historia es muy lenta y el protagonista es aburrido.

inspeccionar

Inspecciona la fila de libros que tiene delante y saca uno.

—Este es muy divertido...: va de un chico y su mejor amigo. Te gustará.

Me encojo de hombros y me lo pongo bajo el brazo. Quiero darle las gracias a Carly por su ayuda, pero María y Denise están dando vueltas a nuestro alrededor como si fueran luciérnagas y necesito alejarme de tanta energía femenina.

Me siento como si ya fuera mediodía, pero cuando miro el reloj veo que solo son las nueve y media. Los colegios están en zonas horarias completamente diferentes de las del resto del mundo; es alucinante lo lento que transcurre el tiempo en las aulas. Tengo que preguntarle a la señorita Decker por qué nunca estudiamos cosas así de interesantes en la clase de ciencias.

LO QUE ME AYUDA A PASAR EL DÍA

Cuando por fin suena el timbre, los profes no nos dejan correr hacia la puerta; nos hacen ir andando con calma, al mismo ritmo que los carceleros obligan a los presos a dar vueltas por el patio de una cárcel.

presos

Para cuando llego corriendo a mi casa, el instinto de Bodi le dice que ya me estoy acercando, así que está dando vueltas delante de la puerta. Como es más viejo, voy con más cuidado que hace unos años, cuando me tiraba a bomba encima de él al llegar a la puerta. Hundo la cara en su espeso pelo con la esperanza de que, al aspirar suficiente

instinto

olor de perro, la peste del colegio empiece a desaparecer. De todos modos, no puedo hacerlo mucho rato porque Frank se pone celoso y empieza a dar saltos dentro de su jaula.

¡Es que tengo un mono!

Frank es el mono capuchino que mis padres me dejaron adoptar hace unos meses, cuando ya no podían soportar que yo les siguiera dando la lata. (Para quien piense que dar la tabarra a los padres por algo día y noche es una mala estrategia, aquí estoy yo para decirle que lo contrario está demostrado y funciona el 99 % de las veces).

estrategia

Ahora mi madre tiene razones permanentes para incordiar: me dice diez veces al día que Frank no es nuestra "mascota"; que somos su casa de acogida hasta que tenga edad suficiente para entrar en la "universidad para monos", donde le entrenarán para ser el compañero de una persona con discapacidad. Se me ocurrió la idea de adoptar un mono debido a mi amigo Michael, que está en silla de ruedas y tiene un capuchino

que se llama Pedro, y que le ayuda en cosas sencillas como renovarle las botellas de
agua, recoger cosas que se le caen al suelo
y poner discos. Frank todavía no puede hacer cosas así de chulas, pero estoy seguro de que un día será tan listo como Pedro.

Aunque mi madre no quiere que saque a
Frank de su jaula cuando estoy solo en casa,
no me puedo resistir a un mono con pañales
que se pasa el rato dando saltos para salu-
darme. Le abro la jaula y le doy una golosina
del tarro que hay en la encimera. Mamá me
ha hecho jurar cientos de veces que tengo
que ayudarla en el cuidado diario de Frank,

cuidado

pero de todos modos no me molesto en ver
si necesita que le cambie el pañal. Me da
igual lo que le he prometido; cambiarle el
pañal a un mono es algo que no está, en absoluto, en mi lista de cosas para hacer hoy ni
ningún otro día. Menos mal que el único olor
que desprende es el aroma normal de mono.

La organización que se ocupa de estos
monos hace que cada solicitante se some-
ta a un montón de entrevistas, y mi madre

solicitante

dijo, que si *de verdad* quería adoptar un capuchino, tenía que rellenar yo todos los papeles. La organización quería asegurarse de que habría gente cerca durante el día y les gustó que la consulta de mi madre estuviera en la casa de al lado y que mi padre trabajara en casa. El hecho de que mi madre sea veterinaria y haya cuidado a Pedro durante años tampoco vino nada mal.

Lo creas o no, el principal obstáculo para adoptar a un mono fui YO, la persona que más quería tener uno. La organización no da el visto bueno a una familia adoptiva si tiene hijos de menos de diez años porque los monos dan tanto trabajo como los niños pequeños y no quieren que los padres adoptivos se agobien. Le estuve diciendo a aquella señora que yo tenía doce años, lo cual es TOTALMENTE diferente de tener diez; pero de todos modos ella tenía que pensárselo. A mi madre esto le dio la oportunidad perfecta para un "momento didáctico" y me recordó lo inmaduro que soy la mitad del tiempo. Le dije que, si mis mates no fallaban

inmaduro

—que no es lo habitual—, eso quería decir que yo era maduro la *otra* mitad del tiempo, que posiblemente era más o menos el deseo de todas las madres.

ceder

Al final, la señora cedió y dijo que podíamos ser una familia adoptiva para Frank. Uno de los voluntarios de la organización trajo a Frank a Los Ángeles y lo ayudó a adaptarse a su nueva casa. Solamente ha pasado un mes, pero Frank ya se siente como parte de la familia.

Bodi, Frank y yo nos hemos metido en el hueco que he formado juntando el sofá, la mesa y el sillón, y me doy cuenta de que soñar con este momento junto a mis mamíferos preferidos es la única razón por la que he aguantado todo el día en el cole.

mamíferos

MUNDO EXTERIOR: ¡AHÍ VOY!

Después de un rato con ellos, vuelvo a meter a Frank en su jaula, le doy a Bodi una loncha de pavo de la nevera y cojo mi *skate*. Hace unos años habría dejado que Bodi corriera a mi lado, pero ahora procuro conservar su energía.

energía

Matt se reúne conmigo en la parte alta de la calle y nos vamos en monopatín hasta nuestro sitio preferido: el campus de la UCLA.

Seguro que la Universidad de California en Los Ángeles parece un sitio raro para que dos chicos de nuestra edad vayan allí después del colegio, pero Matt y yo no vamos por interés académico. Este verano, mientras esperaba a mi madre, que había ido a dejarle unos informes a un colega, descubrí que el campus era el parque más guay de la ciudad. Yo creía que estar en la universidad significaba estudiar día y noche, pero había estudiantes por todas partes montando en bici, en monopatín y corriendo. Como la UCLA está a solo unas manzanas de nuestro barrio, en verano Matt y yo pasábamos mucho tiempo allí practicando.

Hoy vamos a los bloques de mármol que forman parte de una instalación artística y saltamos de uno a otro sin parar. Después saltamos a la pared del aparcamiento y trepamos por los ladrillos sujetándonos con la punta de los dedos. Matt tiene una cámara de vídeo nueva y me graba un montón de veces mientras trepo. Luego me enseña a usarla y yo le grabo a él también. Algunos estudiantes se paran a mirarnos cuando van a clase, aunque la mayor parte del tiempo nos dejan a nuestro aire.

Pero la persona que nos mira ahora no es un estudiante con pinta de empollón; es un guarda de seguridad del campus.

—¿Chavales, estáis matriculados aquí?

empollón

Por su pregunta, espero verle una sonrisa en la cara, pero cuando salto de la pared no está sonriendo.

—¿Qué pasa si os hacéis daño, eh? ¿Están aquí vuestros padres? ¿Lleváis alguna identificación por si os caéis y es necesario llevaros con urgencia al hospital?

identificación

¿De verdad este tío se cree que Matt y yo planificamos con tanta antelación? ¡Pues lo lleva claro!

Justo cuando ya nos vamos a marchar, viene un tipo que estaba sentado en un muro bajo que hay cerca.

—Jerry, estos chicos no se van a caer...; tienen mejor equilibrio que tú.

Es un hombre de unos treinta años y parece más delgado y rápido que los atletas que salen por la tele.

—Este campus no es un gimnasio..., y menos para los que ni siquiera estudian aquí.

gimnasio

El guarda nos mira a Matt y a mí, pero esta vez por su expresión no parece tan enfadado.

—Venga, Jerry, deja a los chicos en paz.

—Bueno, de todos modos, tengo cosas más importantes que hacer.

Cuando el guarda se va, unos minutos más tarde, no está nada enfadado.

Le tiendo la mano al tío que nos ha sacado del apuro. La choca y se presenta como Tony Marshall.

—Pareces muy mayor para estudiar aquí —le dice Matt.

parkour

—No estudio aquí. Vengo para hacer *parkour*.

Matt y yo nos miramos de lo más confundidos.

Tony se ríe.

—Chavales, lo estáis haciendo y ni siquiera sabéis cómo se llama.

Deja en el suelo su mochila y de un salto llega a un lado del edificio de ladrillos que tenemos detrás. Va subiendo hasta arriba sujetándose por las finas rendijas del hormigón.

Matt lo graba mientras yo aguanto la respiración. Tony salta de una esquina del edificio al poste que hay dos metros y medio más allá. En vez de bajar agarrándose, salta otra vez desde el poste hasta el banco.

—¡Vaya! –Matt comprueba en su cámara que el vídeo ha salido bien.

Me he quedado sin palabras. ¿Por qué no puede ser *este* tío nuestro profe?

Llegamos corriendo al banco y vemos que Tony ni siquiera parece haberse quedado sin aliento.

—*Esto es* el parkour: superar los obstáculos de la forma más eficaz posible.

obstáculo

—¿Quién eres? —le pregunto–. ¿Una especie de superhéroe?

Tony se ríe.

—Mejor que eso. Soy especialista de cine.

eficaz

LA VIDA REAL ES UN OBSTÁCULO
PARA TODO LO QUE ME DIVIERTE

Papá y mamá me escuchan hablar de Tony durante toda la cena, pero después de una hora llegan al límite.

Mamá cambia de tema preguntándome si me gusta tener otra vez a la señorita McCoddle. Le digo que el universo quiere que sea un desgraciado, por eso me da una profesora de la escuela infantil reciclada. Ella me ignora y me dice que ha oído que al señor Maroni le va bien en Cincinnati. Papá coge del aparador el libro que he sacado de la biblioteca del colegio y me lo pasa.

reciclar

—Lo he estado buscando por todas par-tes —miento—. ¿Dónde lo has encontrado?

—Estaba calzando la pata coja de la mesa del estudio.

—¿Cómo habrá ido a parar allí?

Mamá saca a Frank de su jaula; lo aca-ricio y luego acaricio también a Bodi. Pue-de parecer una tontería, pero no quiero que Bodi sienta celos ahora que tenemos otro animal en casa.

—Hablando de lectura, ¿qué tal si empe-zamos el año con buen pie y buscamos un profesor particular? —propone mamá—. Así podremos tener tiempo libre sin el estrés de los deberes.

—¿Deberes relajantes? ¿Y luego qué más...? ¿Funerales felices?

—¡Derek! —dice mamá irritada.

No es más que una broma, pero des-pués de decirlo me doy cuenta de que pue-de que otros chicos sí *tengan* deberes sin momentos de estrés. Me imagino a Carly cada noche escuchando a Mozart con velas

perfumadas

perfumadas mientras termina sus ejercicios.

¿Soy el único de la clase que arruga los papeles, que da con la cabeza en la mesa y al que mandan a su cuarto, todo por unos cuantos temas birriosos de redacción?

Para cambiarle el pañal, mi madre se lleva a Frank a su consulta, que está en la casa de al lado, mientras mi padre revisa mis problemas de mates y hace un gesto de aprobación con la cabeza. Como no es más que el principio del curso, los deberes son fáciles. Aunque tener a alguien que me ayude con los deberes es como admitir una derrota –*Sí, necesito que esté alguien conmigo como si fuera un niño de dos años; sí, necesito ayuda para mantener la atención; sí, puedo ir al baño yo solo*–, me pregunto si es algo que debería considerar. A juzgar por los libros que tenía Jamie, el hermano de Matt, cuando estaba en nuestro curso, los deberes van a ser cada día más difíciles.

deberes

—A lo mejor, Tony puede ser mi profesor particular –digo–. Puede ayudarme a perfeccionar los saltos.

—No estaba pensando en eso exactamente, pero ha sido un buen intento –dice papá.

—Si no puedo tener clases de especialista de cine, creo que mi siguiente movimiento va a ser una buena opción.

Pongo el libro de la biblioteca bajo los cojines del sofá y me hago una bola con Bodi para ver una peli de acción en la tele.

LO ÚNICO QUE QUIERO HACER

No sé Matt, pero yo al día siguiente apenas escucho a la señorita McCoddle en clase. Mientras habla del asesinato de Abraham Lincoln, me imagino a mí mismo acercándome al palco del Teatro Ford, sujetando las cortinas de terciopelo y dándole a John W. Booth un golpe que le hace soltar su pistola derringer justo antes de disparar al presidente. ¿Quién dice que un especialista de cine no puede cambiar el curso de la historia?

asesinato

—¿Te gusta el libro que te he recomendado? –me pregunta Carly en las taquillas–. ¿Tiene bastante acción para ti?

recomendado

Le digo que no es que no haya empezado a leerlo, sino que no estoy seguro de dónde lo he dejado. Su expresión me indica que no puede *imaginarse* a ella misma perdiendo algo tan preciado como un libro.

Me habla acerca del trabajo sobre el sistema solar que está haciendo en la clase de la señorita Decker, pero yo solamente puedo pensar en intentar saltar desde la pared hasta el banco en la UCLA.

—He colgado el vídeo de Tony en YouTube. –Matt echa su libro al interior de su taquilla–. Es mi nuevo héroe.

Carly pregunta quién es Tony, y Matt le hace una animadísima recreación de lo que sucedió ayer por la tarde. Me fijo en que ha escrito en su cuaderno la palabra PARKOUR con letras grandes.

Suena el timbre y Matt y yo corremos hacia la puerta. La señorita McCoddle intenta que vayamos más despacio, pero tenemos cosas más importantes en la cabeza.

Pasamos las horas siguientes en la UCLA trepando por las paredes y arrastrándonos

recreación

por las escaleras como si fuéramos guepardos. Los dos miramos a nuestro alrededor buscando a Tony, pero no lo vemos por ninguna parte.

Encuentro unas escaleras y se me ocurre que podría caminar por el pasamanos en vez de por los escalones. Trazo los movimientos en mi mente antes de saltar a la parte inferior del pasamanos.

—Tío –dice Matt–, como te caigas vamos a tener sándwich de cemento.

—No pienso caerme.

Por alguna razón, no he estado tan seguro de algo en toda mi vida. Subo cinco niveles caminando sin mirar abajo. Cuando llego arriba, giro y bajo de la misma forma. Matt lo va grabando todo y cuando un momento después aterrizo delante de él, está impresionado.

giro

—¡Ha sido genial! –dice.

—Venga, ahora inténtalo tú.

Matt deja su cámara y me sigue hasta las escaleras, pero noto cierta aprensión. Yo camino delante, despacio, y le voy dando

aprensión

impresionado

preparado

permiso

ánimos. Él termina el primer nivel, pero salta al suelo. Yo decido seguir solo. Cuando llego abajo, oigo el sonido de un aplauso lento: una persona está aplaudiendo. Esta vez no es Matt el que está impresionado, es Tony.

—Has planificado tus movimientos y los has ejecutado a la perfección –dice Tony–. Como los profesionales.

Es la primera vez en toda mi vida que me dicen que me he preparado para algo, y me habría gustado que Matt hubiera grabado los elogios de Tony; así habría podido mostrárselos a mis padres una y otra vez. Le doy un codazo a Matt y él pulsa el botón de grabar.

Tony me da su tarjeta.

—Si quieres, di a tus padres que me llamen.

—¿Para que puedas decirles lo bien que pienso y planifico?

Se ríe.

—No. Para que pueda pedirles permiso para salir en una película en la que estoy trabajando.

Matt baja su cámara.

—Ya hemos hecho de extras en varias películas –dice–. Derek y yo hemos aparecido dos veces en escenas con mucha gente en el paseo de la playa.

—Ser extra es divertido, pero pasas mucho rato parado sin hacer nada. –Tony se inclina y me mira a los ojos–. Mira, yo soy el coordinador de los especialistas en una película que se está rodando con una persona de tu edad y de tu tamaño a quien le aterroriza hacer algo parecido a lo que has hecho. De lo que hablo es de que vengas al plató para hacer de doble de esa persona en determinadas escenas.

coordinador

aterrorizar

Los ojos de Matt se le salen de la cara, como en los dibujos animados cuando un lobo ve a una chica guapa.

—¿Quieres decir que...? –ni siquiera puedo terminar la frase.

Cuando Tony se pone derecho, parece la escultura musculosa de un robot.

—Estoy hablando de ti, ante la cámara, y pagándote por hacer de especialista.

Volviendo a casa rompo el récord de velocidad en tierra.

¡PORFA, PORFA, PORFA!

Como mi padre es ilustrador de *story-boards*, he estado muchas veces en platós de cine. Y si vives en Los Ángeles te acostumbras a ver filmar películas en las calles muy a menudo. Pero poder saltar y hacer *skate* y trepar ante la cámara le da a mi interés por el cine un nivel totalmente nuevo.

Me lleno la boca de carne mechada, pero luego me doy cuenta de que debería usar mis mejores modales si quiero que mis padres estén de buen rollo. Incluso espero hasta haber terminado de masticar para volver a hablar.

—A lo mejor me incendian la ropa y me hacen correr por en medio de la calle –digo.

Mi madre cierra los ojos; eso quiere decir que intenta calmarse antes de responder.

—Cuando he hablado con Tony me ha dicho que solamente está interesado en que hagas lo que estabas haciendo en el campus: trepar por las paredes, hacer monopatín por el pasamanos y cosas así: el trabajo mínimo de especialista.

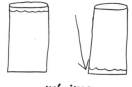

mínimo

—... cosas que a cierto chaval actor importante le da miedo hacer.

Mi padre todavía está procesando el comentario del fuego.

chaladura

—*No* vas a saltar desde un puente, *no* te vas a prender fuego, *ni* ninguna otra chaladura. ¿Lo entiendes? Estas personas son profesionales. Si quieres hacerlo, tú también tendrás que ser un profesional.

Digo que sí con un movimiento de la cabeza, como si ser maduro fuera mi sueño de cada noche.

—Tony me ha dado varias referencias –dice mamá–. La gente que ha trabajado con él le pone por las nubes. A ti te necesitarían durante unos días.

Dejo caer el tenedor en el plato y el ruido asusta a Bodi.

—¿"Unos días"? ¡Yo creía que faltaría al colegio uno o dos meses!

Mi padre se ríe.

—Probablemente tendrás un día para ensayar y unos cuantos días para rodar. Y la ley dice que en el plató tiene que estar uno de los padres o un tutor, y que debes asistir a tres horas de clase al día durante el rodaje.

A mis padres les pega eso de coger algo tan genial como ser un joven especialista de cine y convertirlo en una sustitución cutre de los deberes.

—¿Y qué más? –pregunto–. ¿Exámenes, reuniones aburridas y mala comida de comedor?

—Tony nos va a mandar el guion para que papá y yo lo leamos antes de decidir. Es la historia de una persona joven cuyos vecinos son alienígenas. Una de tus escenas tiene lugar en un plató en Culver City que se ha decorado para que parezca un barrio en plena celebración de Halloween. La otra es en un exterior que reproduce un desguace.

¡Esto ya va sonando bien! ¿Alienígenas, chatarrerías y acrobacias? Empujo al profesor particular y a las tres horas diarias de deberes obligatorios a un rincón de mi cerebro y me concentro en lo guay que va a ser todo esto.

obligatorio

Justo cuando estoy a punto de saborear la victoria, mi padre se limpia la boca con la servilleta y aparta su plato.

—Si mamá y yo estamos de acuerdo en esto, ya sabes que vamos a necesitar que pongas algo de tu parte.

Me da miedo preguntar.

compromiso

—Vamos a necesitar un compromiso por tu parte sobre la dedicación a la lectura. La promesa de que vas a leer y a trabajar en tu vocabulario todos y cada uno de esos días.

Mientras habla, intento recordar si mi padre y yo hemos tenido alguna vez una conversación que no incluyera algún tipo de sermón sobre la lectura. Pero esta vez es diferente. Si me dan permiso, incluso prometeré que cuando sea mayor seré bibliotecario: *eso* demuestra lo mucho que quiero participar en esa película.

MATT ESTÁ RARO

El rumor de que un famoso especialista de cine me ha pedido que salga en su próxima película corre por el colegio. Soy yo quien ha empezado ese rumor, naturalmente, pero de todos modos me gusta que se fijen en mí por algo más que por mis notas bajas. Carly y yo hablamos durante un minuto después de la clase de Plástica, mientras María y Denise sueltan risitas a nuestras espaldas; es un poco tonto pero también guay. Veo que Matt se mete el dedo en la boca para hacer como que va a vomitar, y dejo a Carly y salgo corriendo por el pasillo para atraparle.

rumor

—Tus padres no han aceptado aún –dice Matt–. ¿Estás seguro de que quieres que lo sepa todo el colegio?

—Van a decir que sí –respondo–. Lo que pasa es que van a hacer que me lo curre.

—Tony había ido otras veces a UCLA –dice Matt–. En una ocasión se me acercó, pero me fui antes de que pudiera hablarme.

Intento imaginar qué es lo que Matt está tratando de decirme.

—¿Quieres decir que quería contratarte a ti en vez de a mí?

Matt se encoge de hombros.

—¿Por qué no? Los dos hacemos las mismas cosas.

Me paro en el pasillo y le recuerdo a Matt que yo acababa de caminar cinco escalones por el pasamanos cuando se me acercó Tony.

Matt se inclina hacia mí.

—¿Me estás llamando gallina?

—Pero ¿qué te pasa? –le pregunto–. Deja de portarte como un memo.

Por el rabillo del ojo veo que Carly nos está mirando y me da vergüenza que me vea casi peleándome con mi mejor amigo.

pelearse

—El memo eres *tú* –dice Matt–. De todos modos, igual van y cortan tu escena después de rodarla.

Me quedo clavado mirando la espalda de Matt mientras se apresura hacia su taquilla.

—En el fondo, estoy segura de que se alegra por ti –dice Carly–. Quizá es que también quiera salir él en la película.

—¿Y tú que sabes?

Me voy en la otra dirección y dejo sola a Carly en medio del pasillo.

Es casi como si una bola de energía negativa cayera en el pasillo y rebotara de Matt a mí y luego en Carly. Pero, cuando me giro para disculparme, Carly ya se ha ido.

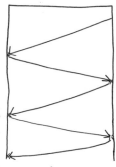

rebotar

MIS PADRES SUBEN LA BARRERA

—Vamos a ver —dice mamá—. Este es el trato...

Me prepara para lo que está a punto de llegar.

—Cuando querías adoptar a Frank, eso era lo único que te importaba en el mundo —dice papá.

—Los deberes, ayudar en casa..., nada importaba; solamente conseguir ese mono —añade mamá.

La sensación de hundimiento en el estómago me dice hacia dónde se dirige esta conversación.

—Estabas de acuerdo en asumir alguna responsabilidad, pero en cuanto llegó Frank incumpliste todas tus promesas.

La expresión de papá es más seria que la que tiene el busto de un presidente en el ayuntamiento.

Mamá se acomoda en su silla de la cocina.

—Los dos pensamos que esto de querer cosas desesperadamente y luego abandonar tu parte del trato es un mal hábito que tiene que parar.

Está claro que mis padres han olvidado lo que es ser un chico sin dinero, sin coche y sin poder. Pues claro que decimos lo que sea para conseguir lo que queremos...; ¿qué podríamos hacer si no? Me hace sentir mal que no entiendan cómo funcionan las cosas, pero sigo escuchando con educación.

—La buena noticia —dice papá— es que hemos leído el guion y pensamos que es una película divertida y adecuada para chavales de tu edad —saca el guion de su cartera—. ¿Quieres leerlo? ¿Echarle un vistazo antes de firmar?

adecuada

Genial: más deberes de lectura. Le digo a papá que prometo leerlo antes de empezar a rodar. Más bien prometo que *quizá* lo haga...

—Además, hemos hablado con Tony y, de todos modos, los tres doblajes que quiere que hagas son cosas que practicas habitualmente. Las ha repasado con nosotros, y tanto mamá como yo estamos de acuerdo en que parece seguro —añade papá.

—¿Eso quiere decir que sí?

Todo lo que quiero saber es si están de acuerdo, así esta conversación podría terminar.

—Si lo haces, tu madre y yo vamos a tener que firmar montones de formularios de permisos y obligaciones —dice papá—. Y queremos que tú firmes también.

Mi madre coge una hoja de papel de la carpeta que está sobre la encimera. Está muy bien escrita y tiene sitio para la firma abajo.

Derek Fallon

firma

—¿Esto es un contrato? —pregunto.

—Exactamente —responde—. Y consta de tres apartados.

Doy golpes con la cabeza en la mesa de la cocina hasta que mi padre hace que pare.

Mamá continúa.

—"Yo, Derek Fallon, acuerdo lo siguiente. UNO: Cambiaré el pañal a Frank una vez al día".

Levanta la vista para ver mi reacción. Solamente puedo pensar en *¿Con cuánta desesperación deseo salir en esta película? ¿Vale la pena encargarme de la caca de un mono para lograrlo?* Después de unos minutos de reflexión, decido que sí.

reflexión

—Vale –digo–. ¿Qué más?

—No tan deprisa –dice papá–. Ya estuviste de acuerdo en ayudar a cuidar a Frank. Esta vez vas a firmar un contrato. Te sugiero que leas la letra pequeña.

Da la impresión de que no hay forma de escapar. Miro rápido el párrafo titulado "Apartado UNO".

—¡Os estáis pasando! –grito–. ¿Si no le cambio el pañal a Frank me quitáis el monopatín? ¿Y qué pasa si se olvida?

—Con un poco de suerte, firmar algo por lo que renuncias a lo más importante de tu vida si incumples el acuerdo te ayudará a recordarlo –mamá pasa al apartado siguiente–. "DOS: Leeré un libro al mes por diversión".

—¿Cómo puede ser por diversión si me obligáis a hacerlo?

De repente me doy cuenta de que los cuerpos de mis padres han sido invadidos por alienígenas de otra galaxia. Si no huyo pronto, me succionarán el cerebro por la nariz mientras duermo. Me voy en línea recta hacia la puerta.

galaxia

—No tienes que firmar el contrato –dice el padre alienígena–. Conseguirán que otro chico que haga de especialista y ya está.

Me pregunto cuánto tiempo va a pasar hasta que los alienígenas conquisten el resto del planeta y me dejen por fin en paz.

conquistar

—¿Qué dice el tercer apartado?

La forma de vida que se hace llamar "mamá" sonríe por fin.

—El apartado TRES establece que estás de acuerdo en pasártelo de maravilla en la película.

Obviamente, se trata de un truco inter-galáctico para intentar lograr que me rinda, así que leo el resto del contrato con mucho cuidado. Está muy claro, el último aparta-do dice que tengo que divertirme trabajan-do en la película.

—¿Crees que podrás atender a Frank y leer algo? –pregunta papá–. Yo creo que tu madre y yo no estamos pidiendo demasiado.

Mamá tiene el bolígrafo en la mano y al final lo cojo. Firmo en la parte inferior de la hoja. Luego mamá me hace firmar otra idén-tica para que yo me guarde una copia.

idéntica

Me la entrega y me da la mano como si estuviéramos cerrando el contrato de un negocio.

—Felicidades, Derek. Mañana llamaré a Tony y le diré que puedes empezar los en-sayos.

Por dentro estoy que salto de alegría, pero no por eso dejo de encender la luz del pasillo antes de irme a la cama... por si aca-so mis padres están poseídos por unos alie-nígenas.

MI PRIMER DÍA EN EL PLATÓ

Le mando un mensaje a Matt para decirle que no iré al colegio durante los dos días siguientes y me sorprende que no me conteste. Cualquier otro día me hubiera preocupado por si seguía enfadado y las cosas se estuvieran poniendo raras entre nosotros, pero hoy no es un día cualquiera.

Como el estudio de cine insiste en que los chicos de menos de dieciocho años deben ir acompañados por un tutor, mi padre se ofrece. (Mamá tiene que operar a tres gatos, así que declina la oferta).

declinar

concentración

De camino a Culver City, papá me da montones de consejos, la mayoría de ellos para que ME CONCENTRE. La gente me ha dicho que me concentre durante toda mi vida, pero siempre en cosas del colegio; resulta raro que te digan que tienes que tener concentración para cosas como saltar y practicar con el *skate*.

Tony nos saluda en el control de la entrada y le dice a papá dónde tiene que aparcar. Papá no ha traído su cuaderno como suele hacer; eso significa que tiene pensado mirarme durante todo el rato. Tony nos presenta a la directora, que se llama Collette y es pelirroja —el pelo le asoma por debajo de la gorra de béisbol de los L.A. Dodgers—. Resulta que trabajó con mi padre en una peli hace algunos años y le dice que está encantada de trabajar conmigo.

—Tony y tú os podéis tomar el tiempo que necesitéis —se inclina y me guiña un ojo—, siempre y cuando estéis listos mañana por la mañana, a las nueve.

Se ríe, pero algo me dice que segura-mente no está bromeando. Por suerte para mí, mi trabajo consiste en saltar y trepar, no en estudiar y leer. Como dice el tío Bob, "está chupao".

Caminamos por el plató y Tony va dan-do saltos como si fuéramos boxeadores en un ring.

—Voy a contarte un poco de qué va esto –dice–. El personaje principal de la pelícu-la, que se llama Chris, acaba de llegar de una fiesta de Halloween y oye ruidos ex-traños en la casa del vecino. Chris sale co-rriendo para ver qué pasa; el director grita "¡Corten!" y tú te pones en su lugar. Cuan-do Collette grite "¡Acción!", tu cruzas el jar-dín corriendo y trepas por aquí".

Tony da la vuelta a la esquina y señala el muro más alto que he visto en mi vida.

—¿Qué te parece? –pregunta.

Yo no respondo porque he empezado a subir la mitad del muro.

¿Y QUÉ ES LO QUE NO IBA A GUSTARME DE TODO ESTO?

Para mi sorpresa, papá va a su bola por el plató. Ve a algunos conocidos de otros trabajos y no parece prestar mucha atención a lo que hago, y eso es un alivio.

conocidos

Tony parece contento por mi forma de trepar y levanta el pulgar mirando a la directora cuando ella se acerca a nosotros. Luego me lleva al guardarropa para que me tomen las medidas para mi vestuario: la misma ropa que llevará el actor en esa escena.

La diseñadora de vestuario se llama Zoe. Me pregunta qué talla suelo usar normalmente, y yo me siento como un bobo cuando le digo que no tengo ni idea porque mi madre me compra toda la ropa. Ella sonríe y dice que su hijo tampoco sabe cuál es su talla; eso me hace sentir un poco mejor, pero no mucho. Zoe me mide, luego busca por varios percheros con diferentes trajes.

reprimir

Cuando vuelve, no puedo reprimir mi sorpresa.

—¿Quieres que me ponga un pijama?

—El personaje de Chris se está preparando para meterse en la cama y va a la casa de al lado para ver qué pasa con los vecinos, ¿no? A mí me parece que eso requiere un pijama.

Es de franela de algodón gruesa de color rojo vivo, con dibujos de huesos y correas de perro. Parece confortable y el diseño me recuerda a Bodi. Después de probármelo, Zoe me hace estar de pie encima de una caja en medio del remolque mientras ella hace algunos arreglos.

arreglos

—Hoy solo ha sido un ensayo –digo–. Estoy deseando ver a los actores.

Ella murmura algo mientras me hace el dobladillo de los pantalones y me doy cuenta de que tiene la boca llena de alfileres y no puede responder.

—Tanya Billings sale en esta película. Es genial –digo.

Tanya Billings tenía un programa en Disney Channel hasta que hizo una película de acción el año pasado que fue un taquillazo. Ahora, las revistas de la sala de espera de mi madre llevan fotografías suyas haciendo cosas normales como montar en bici e ir de compras. En esta película no sé cuál es su personaje, a lo mejor es la hermana de Chris, mi personaje.

Pensar en Tanya Billings me hace pensar en Matt; hemos visto juntos la última película de Tanya por lo menos cuatro veces. Mi relación con Matt es como la que tengo con mis padres, o con Bodi y la abuela: siempre están ahí, no tengo que pensar mucho ni esforzarme. No hay forma de que una pequeña discusión como la que tuvimos el otro día pueda afectar a nuestra amistad. Si consigo

relación

ver a Tanya Billings mañana, a lo mejor le pido que me firme un autógrafo para Matt. Eso le gustará.

Zoe me dice que el pijama estará listo mañana. Habla con alguien por su *walkie-talkie* y luego me acompaña al remolque de peluquería y maquillaje. Me presenta a un hombre llamado Bruno que examina mi piel.

—No tengo que llevar maquillaje, ¿verdad?

Entre el pijama y el maquillaje, empiezo a preguntarme en qué me he metido.

—Normalmente no nos molestamos con el maquillaje del equipo de especialistas —dice Bruno—. Si hacéis bien vuestro trabajo, nadie verá vuestra cara.

Me lleva hasta la sección de cabello donde hay un estante lleno de cabezas de poliestireno que llevan pelucas de diversas clases. Coge una peluca de pelo largo castaño oscuro.

—¿Por qué tengo que llevar una peluca y un sombrero de bruja? —pregunto.

Bruno parece confundido.

diversas

—¿No te has leído el guion? Tu personaje va a una fiesta de Halloween.

—Ah, sí. Me había olvidado.

Me parece que estar en una película no es demasiado diferente de la vida real; me paso la mitad del tiempo haciendo como que he leído cosas que en realidad no he leído.

Bruno indica que me siente en una silla y luego me pone la peluca en la cabeza. La cepilla y la peina con cuidado, como si fuera de verdad y yo estuviera en la peluquería. Cuando termina, habla por su *walkie-talkie* con Tony, que le dice que está esperando con mi padre en el *catering*.

Mientras sigo a Bruno por todo el estudio, no tengo la más mínima sospecha de que estoy a punto de descubrir el tesoro oculto de un estudio de cine.

CASI TAN BUENO COMO EN NAVIDAD

—¿Quieres decir que en los estudios de cine hay comida gratis? ¿Por qué no me lo habías dicho antes?

Mi padre sacude la cabeza.

—Te he estado manteniendo alejado precisamente por eso.

Voy por el remolque y no sé por dónde empezar. *Brownies*, galletas, tarta, madalenas, refrescos, patatas fritas, *bagels*, chocolate caliente, chocolatinas, chicles y M&M...; y eso no es más que el primer aparador. Es como conseguir lo máximo en la bolsa de Halloween sin tener que disfrazarte ni ir llamando a las puertas.

Le doy un buen mordisco a mi primera chocolatina.

—¿Quieres decir que podría haber comido chocolatinas gratis durante todos estos años?

reservada

—La comida está reservada para el equipo artístico y el equipo técnico —responde papá—. No es para el hijo de un ilustrador de *storyboards*. Un día de trabajo en una película es muy largo..., los miembros del equipo necesitan repostar.

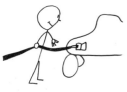

repostar

Cuando empiezo a llenarme los bolsillos con regaliz, papá me lanza una de sus miradas.

—¡Estoy repostando!

Tony se ríe y le dice a papá que no pasa nada. Como si se uniera al festín de comida gratis, papá se sirve una taza de café.

Mientras elijo mi siguiente chocolatina me doy cuenta de que el colegio sería mucho más llevadero con un *catering* como este. NO con las vigilantes del comedor, que remueven ollas enormes de una cosa marrón que nos dan para comer, sino con empleados que pongan chocolatinas, tartas y pasteles en filas bien ordenadas para que vayamos a cogerlos gratis a lo largo del día. En un mundo perfecto, el *catering* estaría junto a las taquillas, así Matt y yo podríamos acercarnos de extranjis entre clase y clase. Si lo comparo con este estudio, el colegio me parece ahora el castigo más horrible del planeta, peor que estar encadenado a chicas que no paran de hablar.

Si yo fuera la clase de chico que firma peticiones y organiza comités, este sería CON TODA SEGURIDAD el tipo de proyecto al que dedicaría mi tiempo y mis esfuerzos.

comité

UN EXTRAÑO SILENCIO

Cuatro chocolatinas, dos madalenas y tres tazas de chocolate caliente más tarde, casi necesito que me lleven al coche.

—¿Crees que te has pasado, campeón? —me pregunta Tony.

Le digo que estoy bien, pero lo único que quiero es hacerme un ovillo en mi cama con Bodi y dormir.

—Has trepado y saltado estupendamente —me dice—. Pero mañana va a ir en serio... ¿estarás preparado?

—Siempre he estado preparado para esto —digo—. Nos vemos a las ocho en punto de la mañana.

demasiado

Estoy eternamente agradecido porque mi padre no se pase la vuelta a casa chillándome por haber comido demasiado dulce. Aunque tomamos caminos alternativos, las calles están muy cargadas de tráfico. Papá no se queja y yo empiezo a preguntarme si los alienígenas han vuelto a apoderarse de su cerebro.

Me suena el móvil y deseo que sea Matt para poder contarle lo de la comida gratis y el trabajo de especialista, pero es mi madre para preguntarme si me lo he pasado bien. Dejo de lado la parte en que he comido muchas golosinas y le digo que sí me lo he pasado bien.

—Bueno, eso significa que has cumplido con la cláusula número tres de tu contrato —dice—. Solamente te quedan la número uno y la dos.

La idea de quitarle la caca a un mono cuando llegue a casa me hace buscar deprisa el botón para bajar la ventanilla. El aire fresco me sienta bien cuando asomo la cabeza.

—¿Derek? ¿Sigues ahí?

Le digo a mamá que estoy bien y que llegaremos a casa en un momento. Vuelvo a mandarle un mensaje a Matt, pero no consigo respuesta.

—Imagino que a Matt le gustaría poder estar allí mañana. Debe de estar muy orgulloso de ti –dice papá.

Como estamos en hora punta, el tráfico no avanza y yo decido pasar el tiempo haciéndole confidencias a mi padre.

confidencias

—Yo también creo que Matt se habría alegrado –digo–, pero ha estado muy raro desde que empezó todo esto.

—¿De verdad? ¿Por qué no me lo has contado?

—Te lo estoy contando ahora.

Ya estamos otra vez con lo malo de ser hijo único: vivir bajo el microscopio de los padres.

—Estoy seguro de que Matt también podría haber hecho ese trabajo –dice papá–. Me imagino que los dos tenéis más o menos el mismo nivel de habilidad, ¿no?

atasco

—Bueno, sí, pero está claro que yo soy el primero en intentar cosas nuevas. El día que me vio Tony subí cinco niveles de escalera solamente por el pasamanos.

—¿QUÉ?

Si no hubiéramos estado en un atasco, seguro que papá se habría apartado a un lado.

—No fue nada —miento—. Lo hago siempre.

Papá se calma un poco.

—Estoy seguro de que hubo varias razones para que Tony te eligiera a ti. Hay que tener en cuenta el tamaño: Matt pesa casi siete kilos más que tú. El coordinador de los especialistas necesita que el doble y el actor se parezcan en altura, peso y color de piel. Quizá hayan sido los motivos de tu elección.

Vuelvo a asomar la cabeza por la ventanilla. Me gustaba más cuando pensaba que me había dado el trabajo porque era más valiente y más rápido, no porque tuviera la talla adecuada.

Por fin llegamos a casa. Mi madre me pasa el teléfono.

—Alguien quiere oírlo todo sobre tu primer día en el plató.

Cojo el teléfono y empiezo a contarle a Matt lo del muro y la comida gratis. Pero resulta que no le estoy hablando a Matt, sino a Carly. Sigo contándole a ella cómo me ha ido el día, pero con menos entusiasmo que cuando creía que quien estaba al teléfono era Matt. Mientras hablamos, miro mi móvil para ver si hay algún mensaje suyo. Nada.

Mamá me ve sacar a Frank de su jaula y llevarlo al salón. Me dice que puedo estar con Frank mientras ella termina de preparar la cena. Saco mi caja de zapatos con los guerreros en miniatura.

—Ven, Frank. Ayúdame a ponerlos en línea encima de la mesa.

—Entrenarle no es trabajo nuestro —dice papá—. Solo le ayudamos a que se acostumbre a vivir con humanos.

numerosas

Esto me lo han dicho numerosas veces, pero eso no impide que yo quiera enseñarle a Frank algunos trucos sencillos. Vamos a ver: Pedro llena de agua la botella de

gritar

Michael; es justo que yo le enseñe a Frank a pasarme una figurita de nada.

Cuando mamá nos llama para cenar, me voy directo a la cocina.

—¡Derek! —grita mamá cuando me ve—. ¿Donde está Frank?

—Está bien. Voy a por él.

Vuelvo a por Frank y lo meto en su jaula. No vivimos en una selva tropical...: ¿qué mal hay en que un mono vea la tele?

Cuando veo la bandeja de brécol y pescado, le digo a mamá que todavía estoy lleno de la comida del plató. Ella me dice que vale y que descanse para mi gran día de mañana. Gracias a que antes me dolía el estómago, esta vez me perdona el cambio de pañal de Frank y me manda a mi habitación con mi libro de la biblioteca.

Me instalo en la cama con Calvin y Hobbes, mi cuaderno de dibujo y mis rotuladores preferidos. Pero ni siquiera Calvin y Hobbes pueden hacer que me sienta mejor esta noche...: estoy demasiado ocupado mirando el móvil cada pocos minutos. Me doy cuenta de que estoy haciendo el ridículo. Matt es mi mejor amigo. Si quiero contarle cómo me ha ido el día, no tengo más que llamarle. Otra vez.

—Me lo he pasado fenomenal en el plató —le digo a su buzón de voz–. Te habría encantado. Llámame.

Me paso el resto de la noche haciendo como que leo y esperando la llamada de Matt.

PÁNICO

Esta vez, papá se trae trabajo al plató. No estoy muy seguro de si lo hace porque tiene cerca una fecha de entrega o porque quiere hacer como que está ocupado para no ponerme nervioso. Sea como sea, me lo quito de la cabeza y me centro en Tony.

—La secuencia 22, tu secuencia, es la primera de hoy, y eso quiere decir que no tendrás que pasar mucho tiempo esperando. Vamos al guardarropa para que puedas ponerte ese pijama.

—¿Tanya Billings está hoy aquí?

producción

—Tío, justo ahora necesitas concentrarte en trepar por esa pared en el menor número de tomas posible, ¿de acuerdo?

De pronto me doy cuenta de que cualquier error por mi parte podría retrasar toda la producción. Miro en el plató a los más de cien miembros del equipo: eléctricos, sonidistas, cámaras, ayudantes, maquilladores, directora, productores, gente del estudio..., y comprendo la realidad de la situación. Soy un chico que mete mucho la pata; siempre hay algún profe, algún vecino o un padre que desea que yo hubiera hecho las cosas de otro modo. Me imagino a un miembro del equipo con una de esas claquetas anunciando cada toma. "Secuencia 22, toma 1". "Secuencia 22, toma 2". Mientras sigo a Tony cruzando el plató, la imagen se intensifica: "Secuencia 22, toma...". ¿Y si me equivoco y la directora me grita delante de todos? ¿Y si tienen que cancelar la película y todo el mundo pierde su trabajo? En cuestión de un momento, estoy a punto de sufrir un ataque de pánico en toda regla.

intensifica

—Derek, ¿estás bien? –pregunta Tony.

Le cuento la escena que me acaba de pasar por la cabeza.

escena

—¡Con esa imaginación, deberías estar escribiendo guiones en vez de hacer de especialista! ¿Qué es lo que te preocupa? Nadie te pide que hagas una operación de cerebro. Tienes que trepar por un muro, tienes que hacer una carrera de obstáculos... son cosas que haces todos los días. Lo que la directora quiere es que tú seas tú. Eso no lo puedes fastidiar, ¿no?

De repente me doy cuenta de que mi padre está a nuestro lado. Es como si su antena de padre le hubiera alertado de que algo iba mal al otro lado del plató.

nervioso

—¿Estás bien? –me pregunta.

—Se ha puesto un poco nervioso –dice Tony–. Se le pasará.

Mi padre ignora completamente a Tony y me mira directamente a los ojos.

—No tienes que hacer esto si no quieres –dice–. Pasarán a otra escena y buscarán otro doble. Ocurre muy a menudo.

Por la cara que pone Tony, se nota que no es la charla que esperaba.

—Por otro lado —dice papá—, si quieres utilizar tu instinto natural y demostrar a esta gente lo que un chico de doce años es capaz de hacer, te sugiero que salgas y espabiles a unos cuantos.

expectante

Me guiña un ojo y mantiene abierta la puerta del remolque del guardarropa. Cuando Tony me mira expectante, me doy cuenta de que la única persona a quien de verdad habrían gritado si me equivocara habría sido Tony. Él se arriesgó al contratarme y no voy a decepcionarle.

—Dadme un minuto para que me cambie —digo—. Tengo que trepar por un muro.

EL PODER DE LA ESTRELLA

Los eléctricos aún no han terminado de iluminar el decorado que será la casa de los vecinos, así que Tony y yo nos vamos al *catering*. No necesita decirme que controle la tentación; ya tengo planeado llenarme los bolsillos DESPUÉS de mi actuación.

tentación

—Oye, ¿quieres conocer a Tanya Billings? Está allí.

Tony señala a una chica guapa que está delante de las madalenas. La reconozco enseguida y espero que no nos presente porque ya sé que voy a decir alguna estupidez.

confundido

Pero lo que me aturde no es ver a una gran estrella de cine; es lo que lleva puesto.

Un pijama con huesos de perro.

—¿Por qué lleva el mismo pijama que yo? —le digo a Tony en voz baja.

Parece tan confundido como yo.

—Porque sale en tu escena. Hace el papel de Chris.

—¿Chris es una CHICA? —grito.

—Creía que habías leído el guion. Pues claro que Chris es una chica.

Esto es lo que pasa cuando das por sentado que, si algo es lo bastante importante, alguien acabara contándotelo. No puedo culpar a nadie más que a mí mismo.

Por mi mente pasan un millón de pensamientos a una velocidad de vértigo. ¿Qué van a decir mis amigos cuando se enteren de que hago de chica? ¿Me quedará algún amigo? ¿Por qué Matt no me devuelve mis llamadas? ¿Tendré que hacer cosas de chica? ¿Esto quiere decir que ahora soy *una especialista*?

Luego se me ocurre el gran notición: Tanya Billings es la estrella adolescente más grande del mundo ¡y yo voy a doblarla en las escenas que le da mucho miedo hacer! Doble de chica o no, sigue siendo alucinante.

Cuando Tony me acompaña para presentarme a Tanya, me siento bastante bien conmigo mismo... hasta que tengo que abrir la boca.

balbuceo

—Soy Tanya. Tú debes de ser mi doble —dice.

Yo balbuceo una especie de presentación, pero todo lo que sale es una serie de gruñidos.

—No te he entendido —dice Tanya—. ¿Puedes decirme tu nombre otra vez?

Lo que me sale a continuación es lo más parecido a Derek que soy capaz de decir.

—¿"Doc"? Es un apodo guay. Me alegro de conocerte, Doc.

Cuando me estrecha la mano, noto la suya tan suave y cálida que me recuerda el pan que hace mi madre, cuando está recién sacado del horno.

Una de las ayudantes de producción lleva a Tanya hasta el plató para que se prepare para el rodaje.

—Has estado bien –dice Tony.

—¿De verdad? ¿Lo dices en serio?

—Te estoy tomando el pelo –responde–. ¡Ha sido un desastre! Ella también tiene doce años...; no tienes que ponerte tan nervioso delante de ella.

Le digo a Tony que la próxima vez no me cortaré tanto.

—Tío, ya no habrá una próxima vez. Ella es la estrella, tú eres el especialista, su doble. Cuando estén rodando tu parte, ella se habrá ido ya o estará rodando en algún otro sitio. He trabajado en montones de películas. A veces, apenas coincido con el actor para el que estoy saltando desde los edificios.

séquito

Tanya cruza el estudio con un séquito de ayudantes y maquilladores. Se gira y me saluda con la mano.

—¡Buena suerte con tu salto, Doc!

Como un memo, choco contra un poste mientras la saludo.

EL SALTO

—Ya están preparados para ti —dice Tony—. ¿Todo en orden?

El fracaso con Tanya me ha dejado hecho una pena, pero el chocolate caliente y el *bagel* con pasas y queso cremoso me ayuda a volver en mí. La directora se acerca y me rodea con un brazo.

fracaso

—Si Tony dice que eres el chico adecuado para este trabajo, es que eres el chico adecuado para este trabajo.

Me da unas palmaditas en la cabeza, lo que hace que las maquilladoras se acerquen corriendo para arreglarme. No me

remolinos

han toqueteado tanto el pelo desde que era pequeño, cuando mi madre intentaba aplastarme los remolinos el día de la foto del colegio.

La directora me enseña las marcas del suelo que quiere que pise antes de llegar al muro.

—De esta forma estarás en cuadro... desde atrás, claro.

Tony y yo repasamos los movimientos una vez más para que lo vea la directora. Empiezo en las escaleras de la fachada de la casa, salto por encima del carro que hay en el falso jardín, luego por encima de la mesa y trepo por el muro y salto al otro lado. Cuando termino, doy la vuelta andando hasta donde se encuentra la directora.

—Eso ha estado perfecto —me dice con una sonrisa—. Hazlo exactamente así y solamente necesitaremos una toma.

Probablemente esta es la única vez en toda mi vida que hago algo bien a la primera. Cuando miro a papá, está eufórico. Me alegra que él también haya visto esta "perfección" porque así tengo un testigo de un acontecimiento tan monumental.

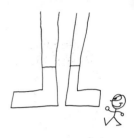

monumental

Pero mientras le devuelvo la sonrisa me doy cuenta de que la persona que está hablando con él es Tanya Billings.

Cuando ve que estoy mirando, me saluda.

—¡Bien por Doc! ¡Bien por Doc! ¡Bien por Doc!

Estoy horrorizado y vuelvo corriendo a mis marcas.

horrorizado

—¿Quieres dejar de intentar impresionarla? –dice Tony riéndose–. Ayer participó en una competición de pedos con el actor que hace de su padre. No es más que una cría como tú.

La imagen de Tanya Billings, la famosa actriz del cine y la televisión, en un concurso de pedos me hace soltar una carcajada, y, cuando la directora grita "¡Acción!", corro por todos los obstáculos del jardín y subo por la pared como si de verdad me estuvieran *persiguiendo* alienígenas. Estoy ya al otro lado del muro cuando la directora grita "¡Corten!".

Lo que oigo a continuación hace que acabe con una gran sonrisa: el equipo de rodaje está aplaudiendo.

—Un trabajo magnífico, Derek —Collette se gira hacia la ayudante de dirección—. Creo que es una toma buena.

La ayudante de dirección llama a la ayudante de cámara para que "compruebe la puerta". A base de estar en platós con mi padre sé que, antes de que el equipo empiece con el siguiente plano, quien maneja la cámara necesita asegurarse de que en la cámara no hay pelos o polvo que puedan estropear la toma. Todos los miembros del equipo de rodaje esperan en silencio el veredicto de la ayudante de cámara.

—Todo bien —dice.

—¡Chicos, seguimos! —dice la ayudante de dirección al equipo.

—La escena del desguace será dentro de unos días —dice la directora.

Mientras camina conmigo, tres personas la siguen para hacerle un millón de preguntas. Es como si la directora fuera una profesora y todos los demás del plató fueran estudiantes.

—Tony te llamará por teléfono para decirte cuándo.

Y antes de que tenga oportunidad de agradecerle que me haya dejado ser parte de su película, una de sus ayudantes me la arrebata.

arrebatar

—Has estado fabuloso –dice papá–. "Fallon Unasolatoma". ¿Quieres ir al *catering* para celebrarlo?

Intento ver a Tanya Billings por alguna parte, pero todo el mundo se ha trasladado a otra parte del plató para preparar el siguiente plano. Mi padre se imagina a quién estoy buscando.

—Te llamaba Doc –se ríe mi padre–. Le he dicho que te llamas Derek.

—¿Tú y Tanya Billings habéis estado hablando de mí?

No me hundo en el suelo de vergüenza porque estoy muy ocupado tratando de decidir qué chocolatina me voy a comer primero.

—Tiene que prepararse para la siguiente escena, por eso no ha podido quedarse —dice papá—, pero me ha preguntado qué día vuelves.

—¿Lo ha preguntado?

Ni siquiera las mesas llenas de chocolatinas son tan importantes.

—Lo ha preguntado.

La sonrisa de papá es tan ancha que llego a verle los empastes de plata de los dientes.

—Creo que le caes bien.

emocionado

No puedo decidir si estoy horrorizado o emocionado de tener esta conversación con mi padre. De camino a casa, le hago repetir su conversación con Tanya Billings cincuenta veces.

VUELTA A LA REALIDAD

Cuando llegamos a casa, las clases aún no han terminado, así que voy a la consulta de mamá para contarle lo que ha sucedido en el rodaje. Espero hasta que termina de examinar al perro salchicha con infección en la vejiga y luego le cuento que he conocido a Tanya Billings y que solamente he necesitado una toma.

perro salchicha

—He encontrado algo que se me da bien —le digo—. Algo que puedo hacer sin ayuda ni recordatorios cada cinco minutos.

recordatorios

Mi madre se lava las manos con jabón antiséptico mientras habla.

antiséptico

—¡Por favor, no me digas que estás pensando en esto como profesión! Los especialistas de cine están en tiroteos y conducen coches a cientos de kilómetros por hora. No vas a trabajar en esto cuando seas mayor, ¿verdad?

¿Cómo ha pasado la conversación de "Qué orgullosa estoy de ti" a "¡No puedes hacer eso!" en menos de cinco segundos?

—Solamente quería contarte cómo me ha ido el día. Jul.

—Bueno, suena fenomenal. Y me alegro de que hayas vuelto pronto porque uno de los candidatos a profesor particular vendrá a las cuatro. Puedes darme tu opinión.

candidatos

El mundo artificial del cine me parece de repente el mejor de los lugares para vivir. Sin deberes, sin profesores particulares, sin padres preocupados, y con estrellas de cine guapas con las manos suaves.

—¿Puedes ver si hay que cambiarle el pañal a Frank? –me pregunta–. Esta mañana parecía un poco apagado. Quiero estar segura de que está bien.

apagado

Mamá está de pie junto a la puerta con su carpeta de historiales y llama al siguiente paciente. Una mujer de la sala de espera coge dos jaulas de gato del suelo y se apresura a entrar en la consulta; parece como si corriera a coger un avión cargada de maletas.

Antes de entrar en la consulta detrás de la mujer, mamá se vuelve hacia mí.

—Te veo dentro de unas horas, Doc.

Es uno de esos comentarios de padres que hacen gracia y no hacen gracia al mismo tiempo. Entro en casa para ver lo de Frank, con la esperanza de tener un rato para mí antes de que acaben las clases y llegue el profesor. Miro mi móvil para ver si Matt me ha mandado algún mensaje. No lo ha hecho. Creo que nunca hemos estado tanto tiempo sin comunicarnos, aparte de las vacaciones.

comunicarse

Decido ser yo quien dé el primer paso y esperarle en su casa después de clase.

¿ALGUIEN PUEDE EXPLICARME QUÉ PASA?

Veo que Matt viene caminando por la calle antes de que él me vea. Cuando me ve, me siento aliviado al ver su sonrisa.

—¿Qué tal te ha ido? —me pregunta.

—Ha sido la bomba. Te he dejado mensajes de texto y de voz, ¿los has visto?

aliviado

Me dice que sí con la cabeza.

—Ayer fue una locura. ¿Te acuerdas del aparcamiento de la UCLA? Intenté trepar por un lado y me caí. El guarda estaba furioso. Me he hecho un moratón en la pierna, pero no me he roto nada.

—Nunca has podido hacer ni siquiera la parte de abajo de ese garaje...; no me puedo creer que intentaras llegar hasta arriba. ¿Estabas solo?

Vuelve a decir que sí con la cabeza.

—Dijimos que no haríamos *parkour* el uno sin el otro. Podrías haberte hecho daño. ¿Por qué has sido tan atrevido?

atrevido

—¿Cómo...? ¿Yo soy el miedica y tú eres el especialista guay? ¿Te crees que eres el único que puede subir por muros de seis metros?

—No, claro que no. Solamente que debes tener cuidado.

—¿Y ahora me das consejos?

androide

Me pregunto si los alienígenas que abdujeron a mis padres han sustituido ahora a mi mejor amigo por un androide envidioso. Intento volver al asunto y le cuento a Matt lo de Tanya Billings. Incluso le digo que Tanya le ha preguntado a mi padre cuándo vuelvo al plató.

—¡No puede ser! —Matt salta de las escaleras y tira al aire su mochila—. ¿Puedo conocerla yo también?

Le digo a Matt que le he hecho a Tony la misma pregunta, pero que Tony dice que no permiten que haya visitantes en el plató. Matt vuelve a sentarse.

—¿Qué papel hace en la película? ¿Es la hermana de tu personaje?

—Bueno, en realidad *es* la protagonista. Ella hace de Chris.

Matt parece confundido.

—¿Eres el doble de Tanya Billings?

—Pues sí.

Y estoy muy orgulloso de hacerlo.

—¿Estás doblando a una CHICA?

Matt se cae al suelo de risa.

—¿Por qué no me dijiste que hacías de chica? ¡Es para partirse de risa!

—Yo no estoy *haciendo* de nada —le digo—. Yo no soy un actor. Yo hago sus escenas peligrosas.

—Ya, pero cuando subes por ese muro de seis metros, lo haces como si fueras una chica, ¿no? Me encanta.

Saca su móvil y empieza a escribir un mensaje.

—¿A quién le escribes? ¡Esto no es asunto de nadie!

traslador

guardamuebles

—Joe y Bólido van a flipar con esto —responde Matt.

—¿Falto a clase dos días y te vas con esos bobos?

Conocemos a Joe desde primero; Bólido es un chico que se trasladó a nuestro colegio el año pasado y vive al lado de la casa de Carly. Tiene un sentido del humor asqueroso y anda tan despacio que Matt y yo le pusimos el apodo de *Bólido* en la primera semana de clases.

—¿Cómo se te ocurre andar con ellos? —le pregunto—. Ni siquiera saben hacer *skate*.

En cuanto lo digo, me doy cuenta de lo tonto que suena: Matt y yo hemos sido amigos desde mucho antes de empezar a manejarnos con el *skate*. Para mí, él siempre ha significado más que simplemente alguien con quien salir con el monopatín.

—El padre de Bólido dirige un guardamuebles cerca de la autopista. Tendrías que habernos visto corriendo en aquella nave llena de cajas. Yo hasta me senté en una carretilla elevadora. Fue *auténtico*, cien veces mejor que un plató de cine.

Matt contesta a su teléfono al primer timbrazo.

—Estoy con el especialista de cine –dice Matt–. Está haciendo de doble de una CHICA.

—No es simplemente una *chica* –me quejo–. Es Tanya Billings.

—Me imagino que necesitaban a alguien menudo –continúa Matt–. Alguien del tamaño de Tanya Billings.

menudo

—¿Por qué haces esto? –le pregunto–. ¡Lo estás fastidiando todo!

Salto a mi *skate* y me voy.

—¡Nos vemos mañana! –grita Matt–. ¡Doble de chica...!

Si algún día consigo acabar el colegio y estudio la asignatura de Física en el instituto, espero que el profe explique el principio universal por el que un mismo día pueda pasar de ser el mejor de tu vida a ser el absoluto y completo peor día de tu vida.

Física

SI TE CREÍAS QUE ESO ERA MALO...

Llego a casa y todavía estoy anonadado. El año pasado, cuando a Matt le tocó la bici de montaña en la rifa de la iglesia, yo me alegré por él. Cuando un amigo de su padre le invitó a ver un partido de finales de los Lakers, yo también pensé que era genial. ¿Por qué él no se alegra cuando a mí me pasa algo bueno?

anonadado

No hay nada que me agote más que cavilar sobre esta clase de preguntas, así que entro en casa y me derrumbo en el sofá. Solamente me apetece rascarle la panza a Bodi. Pero junto a mi madre hay

cavilar

un tío de unos veintipocos años, con unas gafas de montura negra de empollón, sentado a la mesa y tomando té con hielo. Me imagino que es uno de sus veterinarios becarios hasta que me doy cuenta de que ella está usando su voz de madre y no su voz de doctora. Y eso quiere decir que está aquí por el trabajo de profesor particular.

—Derek —dice mamá—, este es Ronnie. Ronnie, Derek.

salir pitando

Se levanta para estrecharme la mano y vuelca su té con hielo. Mientras mi madre sale pitando para traer un paño de cocina, Ronnie se pone colorado y se encoge ligeramente de hombros. Yo creía que no era posible causar más destrozos que yo; a lo mejor este tío me vale.

Mamá me pide que le enseñe a Ronnie mi cuaderno con mis dibujos de vocabulario. Se ríe al verlos y me enseña su cuaderno, que lleva montones de rayos y magos en los márgenes. No estoy muy seguro de que le impresione a mi madre, pero cualquiera que dibuje en vez de prestar atención en clase me vale.

Mientras hablan acerca de los días que tiene libres Ronnie, levanto el trozo de tela que tapa la jaula de Frank. Ha estado muy quieto desde que he llegado a casa y ahora está tumbado. Le pregunto a mamá si se encuentra bien.

días libres

—No me gusta sacarlo de la jaula cuando hay extraños porque los monos prefieren estar con gente que conocen, pero sí es verdad que parece enfermo.

Mamá mece a Frank en sus brazos como si fuera un bebé.

—¿Tienes un mono? –pregunta Ronnie–. ¡Qué guay!

—No puedes cogerlo –le digo–, pero puedes acariciarlo si quieres.

Ronnie extiende la mano para acariciar a Frank justo cuando Frank echa la cabeza hacia atrás y vomita. No solo unas gotitas, sino un enorme proyectil que aterriza completamente encima de Ronnie y de todo lo que hay sobre la mesa de la cocina.

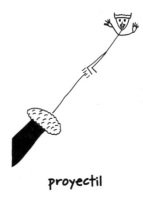

proyectil

—¡Derek, trae una toalla del baño! ¡Ronnie, lo siento muchísimo!

Mamá pone rápidamente a Frank en su jaula para limpiar a Ronnie y la cocina.

Frank gime, mamá se disculpa, Ronnie se quita el vómito de la camisa, y yo en lo único que pienso es en que ¡por una vez, todo esto no tiene nada que ver conmigo!

—Bueno, me imagino que ahora piensas que este es el último sitio donde querrías trabajar —le dice mamá a Ronnie—. No me extrañaría nada.

—¿Lo dice de broma? —pregunta Ronnie—. Acaba de vomitarme un mono...: ¿qué *otra* cosa puede pasar?

garantía

—Uy... no es una garantía, quédate y verás —le digo.

Mamá me lanza una dosis gigantesca de Madre Enfadada y se vuelve hacia Ronnie.

—¿Quieres decir que te sigue interesando este trabajo?

—Desde luego —y se gira hacia mí—. Solo si Derek está de acuerdo, naturalmente.

No es que quiera pasarme unas horas a la semana con un extraño a mi lado mientras leo, pero Ronnie parece bastante guay, y digo que sí. Se lava la cara y las manos antes de marcharse y me dice que me verá el jueves.

Cuando ya se ha ido, mamá abre la jaula de Frank.

—Voy a hacerle una exploración rápida. Está claro que le ocurre algo.

Mantengo abierta la puerta para que mamá pase y deseo que mi mono se encuentre bien.

AY...

Cuarenta y cinco minutos después, mi madre está bastante disgustada cuando vuelve a casa con Frank. Lo deja con cuidado en su jaula y luego me hace señas para que la siga hasta la consulta. Su silencio me hace pensar que algo va mal, así que repaso mentalmente todas las cosas que he hecho desde que he llegado a casa y, menos mal, estoy "limpio".

La clínica veterinaria está casi siempre atestada de gente con mascotas, por eso me gusta ir fuera de horario, cuando todo está tranquilo. Mi madre me lleva hasta la primera consulta, enciende el panel de luz montado en la pared y pone una radiografía.

—¿Eso es el interior de Frank? –pregunto.

—Sí.

Señala un punto casi del tamaño de una moneda de cincuenta céntimos.

—¿Qué crees que es esto?

radiólogo

Miro el círculo como si fuera un radiólogo.

—¿Un tumor? ¿Frank tiene cáncer?

—Lo tiene dentro del estómago, pero no creo que sea un tumor –me mira con su cara más seria–. ¿Has dejado que Frank jugara con algo con lo que no debía?

—¡No! Tú me dijiste que no le diera nunca cosas que se pudiera tragar. También es *mi* mono, no quiero que se ponga enfermo.

—Eso está bien. ¿Le has dejado solo alguna vez con alguno de tus juguetes?

—No, ya te lo he dicho.

Apenas he terminado la frase cuando recuerdo que la otra noche estuve poniendo en línea mis guerreros en la mesa del salón, antes de cenar.

—¡Solamente salí del salón un segundo! No puede ser.

Vuelvo corriendo a casa y bajo de la estantería mi caja de guerreros. El caballero azul, el caballero rojo, el caballero verde con la maza... Vacío la caja en el suelo para asegurarme de que están todos. Me doy cuenta, a punto de desmoronarme, que el caballo con el estandarte rojo no está con los demás.

—¿Te falta alguno?

Mamá habla con una voz tan calmada que me asusta más que si chillara.

Miro debajo del sofá y de la mesa, pero no lo encuentro.

—Me falta el caballo. ¿Crees que Frank se lo habrá tragado?

—Pronto lo averiguaremos. Acabo de escribirle a Melanie para que venga a ayudarme. Sea lo que sea lo que hay en el aparato digestivo de Frank, es demasiado grande como para que lo expulse solo. Voy a tener que intervenirlo para quitárselo.

Cierro los ojos y me apoyo en la pared. Esta mañana estaba en un plató haciendo

recuperar

ira

sufrir

de doble, hablando con una estrella de cine. Al final del día, mi mejor amigo se burla de mí, tengo un profesor para que me ayude con los deberes y mi madre va a tener que operar a mi mono adoptivo para recuperar mi caballo. ¿Cómo es que pueden suceder estas cosas? Dejo en suspenso todas estas preguntas para enfrentarme a la ira de mi madre. Pero no está furiosa; solamente parece triste.

—Cuando te digo algo como, por ejemplo, "no dejes tus juguetes al alcance de Frank", no lo digo para fastidiarte cuando juegas. Lo digo por el bien de Frank.

—¿Se va a morir?

De todas las preguntas que tengo en la cabeza, es la única que me preocupa en este momento.

—Espero que no, pero está sufriendo. No ha comido desde hace varias horas, así que operarle inmediatamente es lo mejor.

—¿Estás enfadada?

Sacude la cabeza con tristeza.

—No estoy enfadada. Solo me pregunto cuándo vas a escuchar y prestar atención.

No lo admito, pero es algo que yo también me pregunto.

—¿Puedo estar con Frank mientras le operas?

—No es conveniente, pero puedes ayudarme a prepararlo.

He vivido con una veterinaria el tiempo suficiente para saber lo que quiere decir eso.

—Vamos –dice–. Te dejaré que afeites el abdomen. En circunstancias normales, le

abdomen

preguntaría si puedo cortarle el pelo a lo mohicano o dejarle la espalda a rayas...; pero estoy agradecido porque no está furiosa, así que no digo nada.

Aunque incluyamos la parte de afeitar a un mono, esta podría ser la peor tarde de mi vida.

RECUPERACIÓN

Antes de que opere a Frank, le pregunto a mamá si puedo faltar al colegio mañana para cuidar de él. Ella me dice que ya he faltado dos días esta semana debido a la película e insiste en que tengo que ir. Mi madre se ha mostrado muy solidaria conmigo, a pesar de que casi mato a nuestro mono. Mi padre, por otro lado, está empleando toda la disciplina que lleva dentro para no explotar como un volcán enfadado.

solidaria

Papá ha puesto en el centro de la mesa el caballo que mamá le ha sacado a Frank.

obstrucción

—¿Entiendes por qué te pedimos que no dejaras tus juguetes donde Frank pudiera cogerlos? ¿Comprendes que algo como esto puede provocar una obstrucción en su aparato digestivo?

Digo que sí con la cabeza, pero la mayor parte de mi energía se concentra en mi caballo de juguete. Los ácidos del estómago de Frank deben de haber atacado el plástico porque el caballo parece un poco desgastado. Quiero cogerlo y examinarlo, pero comprendo que esto sacaría a papá de sus casillas.

—Tenemos que contárselo a los de la organización que entrega los monos. Puede que decidan que no somos una buena familia de acogida y nos pidan que devolvamos a Frank.

No era necesario que papá me lo dijera. Perder a Frank es lo único en lo que he pensado desde que empezó esto.

Papá corre a la puerta lateral para ayudar a que entre mamá. Ella lleva en brazos a Frank, que va vendado y todavía está grogui.

grogui

Le pregunto a mamá si puedo cogerlo. Debo de tener una expresión bastante triste, porque me dice que sí.

Me siento en el sofá y mamá me lo pone en el regazo como si fuera un recién nacido. Quiero tenerlo muy cerca, pero sé que necesita que se le trate con cuidado.

—Lo siento —le susurro al oído—. Lo siento muchísimo, de verdad.

Puede que sea mi imaginación, pero parece que, cuando Frank me mira, sonríe. Claro, puede que sea por la anestesia. Lo tengo un buen rato, hasta que mamá se lo lleva a la cocina para darle agua con un cuentagotas. El caballo con el estandarte rojo sigue plantado en la mesa, como si estuviera guardando el castillo de alguno de mis caballeros. Lo tiro a la basura, encima de los restos de café molido y las peladuras de naranja.

MI PARTICULAR ESTRELLATO

Le pido a mamá cincuenta veces más que me deje quedarme en casa con Frank, pero ella me lleva al colegio de todos modos.

—Llevas dos días sin ir a clase –dice–. Estarás deseando ver a Matt.

Por alguna razón, haber estado a punto de perder a Frank hace que le cuente a mamá de pe a pa lo que pasa con mi mejor amigo. Le digo que Matt ha cambiado desde que me contrataron para la película.

—Solo tengo que hacer de doble dos veces más, y una parte de mí quiere terminar para que las cosas vuelvan a la normalidad.

reconocer

Pero otra parte de mí está furiosa con él porque no reconoce que he hecho algo guay.

—Matt está soportando mucha presión —dice mamá—. Jamie lleva meses sin trabajo y lo único que hace es estar por la casa durmiendo. Su madre está muy preocupada, y estoy segura de que eso también está afectando a Matt.

Jamie es el hermano mayor de Matt y ha tenido montones de trabajos desde que terminó en el instituto: ha sido dependiente en la tienda de discos del centro comercial, camarero en la cafetería de Westwood Village, lavaplatos en el restaurante vegetariano de Wilshire, incluso ha cortado césped para la empresa de jardinería de la madre de Carly. La última vez que le vi parecía que no se había duchado en una semana. Cuando le hice un comentario, Matt me dijo que no quería hablar de eso.

—De todos modos, que Jamie tenga problemas no es motivo para que Matt se burle de mí —digo.

vegetariano

—Estoy de acuerdo. Pero la gente no siempre hace cosas que tienen sentido, ¿verdad?

encontronazo

Sé que tiene razón, pero aún me queda algo de la tristeza y la rabia del encontronazo de ayer.

—¿Te acuerdas de que hace unos años te enfadaste con Matt porque él iba a celebrar su fiesta de cumpleaños en la bolera un día que tú no podías ir? Los dos resolvisteis el asunto, ¿verdad?

Si hubiera sabido que el camino al colegio iba a convertirse en una sesión de terapia, me habría tumbado en el asiento de atrás como si fuera el diván de un psiquiatra. Además, no sé cómo el hecho de revivir un acontecimiento doloroso de cuarto curso nos va a ayudar a Matt y a mí a volver a la normalidad, que es lo único que me preocupa. Le digo a mi madre que nada más salir del colegio volveré a casa, y corro a mi taquilla antes de que suene el timbre.

psiquiatra

doloroso

Carly, María y Denise me están esperando.

—¿Has conocido a Tanya Billings? –pregunta Carly–. Actúa en la película, ¿verdad?

—Me encanta –dice Denise.

—Sus películas son una *pasada* –añade María.

Abro mi taquilla y meto mis cosas como si fuera otro día normal.

—Sí, la he conocido. Estuvimos un rato juntos... es *guay*.

María y Denise empiezan a dar saltitos como si estuvieran en un saltador *pogo stick*. Menos mal que Carly las calma.

aplastante

Hacen que les hable con aplastante detalle de Tanya y, mientras les hablo, delante de mis ojos las tres chicas se transforman en cinco, luego ocho, después doce...

—Bueno, ¿qué está pasando ahí afuera? –pregunta la señorita McCoddle–. Todo el mundo a la clase.

Carly le dice a la señorita McCoddle de qué estábamos hablando.

—Tal vez Derek pueda escribir un informe sobre su día en un plató y leerlo en clase –propone la señorita McCoddle.

Me da pánico cuando me doy cuenta de que dos días sin ir al cole se transforman en más trabajo.

—Me gustaría, pero ya se lo he contado todo a todos. No queda material inédito para una redacción.

—¿Les has dicho que estás haciendo de doble de una chica? —la sonrisita de la cara de Joe hace que quiera esconderme dentro de mi taquilla.

Carly deja de mascar su chicle.

—¿Eres el que dobla a Tanya Billings?

Antes de que pueda responder, Bólido interrumpe.

—Seguro que mola ir en *skate* con peluca.

Creo que no he tenido nunca una conversación con Bólido...; ¿por qué de repente actúa como si lo supiera todo sobre mí?

—¿Es verdad eso? —pregunta Carly—. ¿Tienes que ponerte una peluca para hacer de Tanya?

Miro a mi alrededor y veo a Matt. Luce una enorme sonrisa, la misma que he visto montones de veces, casi siempre cuando está a la espera de que uno de los dos haga un salto imponente. Pero justo ahora no creo que esté esperando a que aterrice sobre mis pies; esta vez quiere ver cómo me la pego.

Yo no pienso pegármela.

orgullo

—Tanya es *estupenda* —digo con orgullo—. Pero le da mucho miedo hacer una carrera con obstáculos y trepar por el muro, así que ahí es donde entro yo —me vuelvo hacia Carly—. Tendrías que habernos visto ayer en el plató, los dos con unos pijamas iguales con dibujos de perritos, charlando en el *catering*, que es como se llama el remolque donde está la comida gratis. Tanya me ha apoyado mucho. Mientras yo la doblaba, ella estaba con mi padre dándome ánimos. Ya me ha puesto un mote: me llama Doc. Le preguntó a mi padre qué día volvía al plató para ver si ella podía estar presente.

lazo

Carly, María y Denise se ponen como locas y también consigo echarles el lazo a Joe y Bólido. Joe me hace todo tipo de preguntas sobre la comida gratis, y Bólido quiere saber más sobre Tanya Billings. Si el celoso de Matt tenía algún plan para avergonzarme por hacer de chica, no le ha funcionado. Durante el resto del día, todos me hacen preguntas sobre cómo es estar en un rodaje.

Al terminar las clases quiero tener con Matt una conversación normal, como, por ejemplo, que Frank se ha tragado mi caballo, para ver si eso hace que volvamos a ser amigos. Pero Matt corre por el pasillo hacia la puerta... con Bólido y Joe a su lado.

CLUB DE LECTURA

Estaba convencido de que mamá cance-
aría mi clase con Ronnie para que pudiera
cuidar de Frank; pero, cuando llego a casa,
Ronnie está en la cocina ojeando el libro que
cogí de la biblioteca.

—Chicos, animales, *skates*...: suena bien.

A lo mejor, si ignoro a Ronnie y al libro,
se esfuman los dos. Voy a la jaula para ver
cómo está Frank, pero está vacía.

—Tu madre me ha pedido que te diga
que Frank estará hoy con ella en la consulta.

Me dirijo hacia la puerta para verle, pero
Ronnie sacude la cabeza.

—¿Sabes lo que me gusta hacer?

—¿Que te vomite un mono? —le pregunto

Sé que estoy siendo un maleducado, perc lo último que me apetece hacer después de estar todo el día trabajando duro en el co- legio es trabajar más con un profesor par- ticular.

Ronnie no parece para nada ofendido.

—No, más bien intentar ahogarlo con mis soldaditos.

bumerán

No puedo creer que este tío que aca- ba de conocerme me suelte esto a la cara como un bumerán.

—Fue un accidente —le digo—. Tú ni si- quiera estabas aquí.

—No, estaba en mi casa preparando esta clase —da unas palmaditas al asiento de la silla que tiene a su lado—. Vamos a empezar con mi actividad preferida: leer en voz alta.

—No he hecho eso desde que estaba en tercero.

—No lo has hecho, no porque sea cosa de críos, sino porque te da vergüenza leer delante de tus compañeros.

De repente odio a Ronnie y deseo que Frank no estuviera recuperándose para que pudiera vomitarle encima otra vez.

—Por esa razón estoy aquí –continúa Ronnie–, para que seas mejor lector y *puedas* leer en voz alta en clase. Venga, nos turnaremos.

recuperarse

Abre el libro y empieza a leer el primer párrafo. No le interrumpo; tengo la esperanza de que siga leyendo y termine el capítulo entero. Para mi sorpresa, eso es lo que hace.

Después, me pasa el libro.

—Te toca.

Hago lo que hago siempre: pasar las hojas para ver cuántas páginas tiene el capítulo.

Ronnie me interrumpe.

—Da igual si son tres o treinta páginas. Tú lee.

¿En qué planeta vive Ronnie? ¡Pues claro que hay diferencia entre tres páginas y treinta! Veintisiete, para ser exactos.

Al cabo de un rato, levanto la vista para ver si Ronnie está aburrido o frustrado con

distraerse

mi lectura, pero mi lentitud no parece molestarle. Me hace un gesto para que continúe, pero me distrae alguien que corre en el jardín. Para mi sorpresa, Matt entra de golpe en la cocina con su cámara de vídeo.

—Mi madre acaba de contarme que Frank se ha tragado el caballo rojo. ¿Se encuentra bien?

Le cuento a Matt que Frank está bien, pero mi caballo favorito no ha sobrevivido a la operación. Se lo presento a Ronnie y luego le pregunto si podemos terminar la clase antes para que pueda jugar con Matt. No le digo que mi mejor amigo y yo hemos tenido momentos difíciles últimamente, pero espero que Ronnie se apiade de mí de todos modos.

Pero no.

—Todavía nos falta media hora para terminar —dice Ronnie—. ¿Qué tal si Matt hace sus deberes mientras terminamos?

Matt y yo nos reímos porque sabemos que de ningún modo habría traído aquí sus deberes. Es el primer momento normal de amigos que tenemos desde que Tony me contrató.

—Me voy a grabar a Frank —dice Matt—. Luego podríamos bajar al pueblo con el *skate*.

Siento como si me hubieran quitado un peso enorme de los hombros. Supongo que mamá tenía razón; nuestra pelea no ha sido más que un sobresalto extraño que todas las relaciones sufren de vez en cuando. Tomo el libro y empiezo a leer con el deseo de que el resto de la clase pase deprisa.

sobresalto

Cuando tropiezo con algunas palabras, Ronnie me hace ir todavía más despacio. Tal como yo me oigo, me parece que leo como si estuviera en segundo, pero él me anima a seguir. Al terminar cada escena, Ronnie me hace preguntas sobre los personajes de la historia. Yo visualizo la historia en mi mente como si fuera una película, como me enseñó a hacer Margot, una monitora que tuve una vez en un campamento.

—Lo has hecho muy bien —dice por fin—. Te veré el martes que viene, ¿de acuerdo?

Antes incluso de que Ronnie haya reco-gido sus cosas, ya he salido por la puerta y estoy buscando a Matt. Le pregunto a la re-cepcionista de la clínica si ha visto a mi ami-go, pero dice que ya se ha ido. Voy a ver a Frank, que está dormido, y luego corro a la calle para ver si está Matt con su *skate*. Como no le veo, le mando un mensaje.

no keria interrumpir —me contesta— *mamá m llama, cena*

normalidad

Le respondo que no hay problema y que le veré mañana en el colegio. Estoy un poco decepcionado porque no hemos teni-do oportunidad de estar juntos, pero estoy contento porque las cosas han vuelto a la normalidad. Y cuando Tony me llama para decirme que mi próximo día de rodaje es el jueves, el mundo parece volver por fin al orden otra vez.

EL JUEGO DE LA FAMA

Al día siguiente, al llegar al colegio, me sorprende que el director Dimitri me pida que vaya a su despacho. Me imagino que tendrá algo que ver con alguien, no digo quién, que hizo un eslalon detrás del colegio con los conos naranja de tráfico del aparcamiento. Pero el director quiere otra cosa.

eslalon

El señor Dimitri me presenta a las dos personas de su despacho. La mujer viste pantalones vaqueros y lleva un cuaderno.

—Esta es Mary Souza, del periódico local. Quiere escribir un artículo sobre ti y tu trabajo de especialista en una película.

—Escribo sobre cine —me explica Mary—. He pensado que podría ser una buena historia de interés local —señala al señor que está a su lado—. Este es Bill Hernández. ¿Te importaría que te tomara unas fotos?

Me encantaría sugerir que Bill tome fotos del eslalon, lo que pasa es que hoy no he traído mi *skate*. De todos modos, Bill dice que quiere fotos mías haciendo cosas normales, como estar junto a mi taquilla o comiendo en el comedor. Flipo cuando el señor Dimitri me da un permiso por escrito para estar fuera del aula y me dice que le dé a Mary toda la información que necesite.

flipar

Mientras Bill me toma fotos sacando libros de mi taquilla, puedo ver a mis compañeros de clase cotilleando a través de la estrecha ventana que hay junto a la puerta de la señorita McCoddle. Carly me saluda con la mano y sonríe, pero me fijo más en Matt, que está sentado a su lado y sacude la cabeza con tristeza. Me dan ganas de decir: "No ha sido idea mía; el señor Dimitri me ha pedido que lo haga".

cotillear

Bill se va corriendo a su coche, y Mary y yo nos sentamos para hablar en las sillas que hay fuera de la biblioteca. Me pregunta cómo he entrado a formar parte de la película, qué es lo que más me gusta de estar en un estudio de cine, y si he conocido a Tanya Billings. No contesta las llamadas a su móvil, que son muchas, y toma notas mientras hablo. Aunque me gusta que me presten atención, me siento un poco tímido cuando mi clase pasa para ir al aula de Plástica y todo el mundo me mira. Junto con Bólido y Joe, Matt va al final de la fila poniéndome caras.

Al pedirme el señor Dimitri que hiciera esto, me he sentido especial e importante. Ahora solamente me siento incómodo y quisiera que la entrevista hubiera terminado.

—Una última pregunta —dice Mary—: si tuvieras que hacer esto otra vez, ¿lo harías?

—Ha sido la mejor experiencia de mi vida —miento—. Nunca me he divertido tanto.

HURRA POR HOLLYWOOD

centinela

Bodi parece comprender que Frank ha pasado por algún trauma, porque desde su operación no se aparta de su lado. Se sienta junto a la jaula de Frank como un centinela y no comprende que Frank solamente necesita protegerse de una persona: yo.

Mi madre revisa el periódico todas las mañanas, y cuando llega el domingo es la primera en ver el artículo.

—Es fantástico —se apoya contra la encimera de la cocina y toma café mientras lee—. Pareces muy maduro.

Extiende el periódico sobre la mesa para que papá y yo también podamos leerlo.

Rompo mi propia regla sobre leer los fines de semana y repaso el artículo: primero las fotos y los pies de foto.

—Qué bien lo que comenta Tony —añade mi padre—. Dice que has sido muy profesional y estabas bien preparado.

Les pregunto a mis padres si podemos escanear esa frase y ampliarla cien veces para poder colgarla en la cocina y señalarla cada vez que ellos piensen que soy un desastre.

—Deberías estar muy orgulloso.

En realidad, no es una respuesta a mi pregunta, pero mamá parece estar lo suficientemente contenta como para que pueda hablarle sobre cualquier cosa.

Al poner mis platos en el fregadero, me sobresalta lo que veo en el alfeizar: el caballo de juguete que casi mató a Frank.

—¿Qué hace esto aquí? ¡Yo lo había tirado!

—Lo saqué de la basura —puntualiza mamá—. Pensé que podría servir de recordatorio.

ampliar

—¿De que Frank casi se muere?

Mamá niega con la cabeza.

—De que los actos tienen consecuencias.

consecuencias

Incluso en un día en el que un brillante artículo en el periódico habla sobre "Un Servidor", mi madre no puede resistirse a tener otro momento didáctico.

Enjuaga su taza de café y me dice que no es para tanto, que el caballo queda bien al lado de su colección de pequeños cactus.

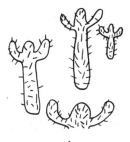

cactus

Decido tomarle la palabra y dejo el tema.

Después de desayunar, nos vamos a las colinas de Hollywood, donde le quitamos la correa a Bodi y lo dejamos correr mientras nosotros paseamos. Camino por delante de mis padres hacia la parte del cañón que más me gusta, las cuevas. A veces hay turistas tomando fotografías porque esta fue una de las localizaciones de *Batman*, la antigua serie de televisión. Me imagino aquí a un equipo de rodaje, hace muchos años, grabando a Batman y Robin en su batmóvil saliendo disparados de la cueva para luchar contra el Mal. Probablemente los actores ni siquiera estuvieron aquí, es posible que dejaran las cosas difíciles para sus dobles.

Evitamos los charcos y, cuando salimos de la cueva, miramos atrás en la otra dirección. Las letras del cartel de HOLLYWOOD hacen guardia sobre el cañón como gigantescos soldados blancos. He vivido aquí toda mi vida, pero me sigue resultando divertido ver tan cerca ese cartel tan famoso.

Mi madre se agacha para darle un poco de agua a Bodi.

—¿Significa ese cartel algo más para ti, ahora que has participado en una película?

Pongo cara de que es la cosa más tonta que he oído en mi vida, pero la verdad es que yo estaba pensando lo mismo. Para celebrar el artículo del periódico, paramos en la Casa de las Tartas y yo pido un trozo de la de crema de chocolate. Mis padres comparten un trozo de una de natillas y, cuando vamos de vuelta a casa, me dejan escoger qué canciones escuchar.

Al llegar, me siento en el sofá con Frank y Bodi y veo una de las películas de acción

divertido

que mandó Tony para que mis padres vieran su trabajo. En una escena, salta desde un puente y aterriza en un remolcador cargado de bolsas de basura.

—No saques ideas —dice mamá.

—No saques ni siquiera algo *parecido* a una idea —añade papá.

Ha sido un día prácticamente perfecto, uno de los mejores que he tenido desde el verano..., hasta que me doy cuenta de que mañana es lunes y empieza otra vez una semana de colegio.

¿QUE HAS HECHO QUÉ?

Al día siguiente, el señor Dimitri me felicita por el artículo. Aprecio su apoyo, pero hubiera deseado que me lo dijera en el pasillo en vez de por el altavoz con los anuncios de la mañana. Cuando termina, la señorita McCoddle aplaude, y la clase con ella..., incluso Matt, y esto me alegra.

Más tarde, cuando vamos hacia el comedor, se me acerca Joe con un libro. Lee con esfuerzo y lentitud. Como quiero conservar los dientes para poder comer mi comida, no comento nada sobre su habilidad para leer, que parece ser peor que la mía.

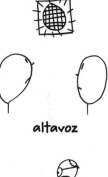

altavoz

esfuerzo

Bólido se reúne con nosotros y empieza a leer por encima del hombro de Joe, tropezando en cada palabra.

—¿Qué pasa? –pregunto.

Los dos se ríen y se van a la fila para recoger la comida.

Agarro a Matt.

—¿Qué les pasa a Bólido y Joe? Se comportan como si fueran idiotas.

—Como idiotas, exactamente.

Me da un golpe amistoso en el brazo con el puño y se va.

Debo tener una pinta de despiste tremenda, porque Carly se me acerca y me pregunta si estoy bien. Le digo que no tengo ni idea de lo que están haciendo Bólido y Joe, pero sea lo que sea no tiene gracia.

—Matt también –dice Carly–. No lo dejes fuera a *él*.

—¿De qué hablas?

—¿De qué hablas *tú*? –hace una pausa–. ¿Quieres decir que no lo has visto?

—¿Visto qué?

Trato de imaginarme lo peor: que Bólido y Joe han cogido el artículo del periódico de ayer, le han dibujado un bigote a mi fotografía y lo han colgado fuera de la clase.

—Ven.

Sigo a Carly hasta la biblioteca, donde ella le pregunta a la señorita Myers si puede desbloquear Internet durante unos minutos (así es la vida cuando eres una chica que lee libros en tu tiempo libre: los profes harán lo imposible por ti). La señorita Myers le dice que nos da cinco minutos.

Carly entra en YouTube y escribe "LECTOR IDIOTA". Me acerco al monitor y me quedo pasmado con el vídeo que se pone en marcha.

Soy yo leyendo en voz alta, deliberadamente con lentitud. El vídeo se ha grabado desde nuestro porche y estamos Ronnie y yo sentados en la mesa de la cocina. Estar allí de pie mirando es uno de los momentos más humillantes de mi vida.

—*Sí* que parezco un idiota –digo.

deliberadamente

—A mucha gente le resulta difícil leer, no solo a ti. ¿Quién crees que ha colgado esto?

Es una pregunta que no necesito hacer porque ya sé la respuesta: mi mejor amigo con su cámara.

TERMINADO

Voy rápidamente al comedor y busco a Matt.

—¿Cómo has podido hacerme esto? –le pregunto.

—Eh, eres tú el que intenta ser superfamoso con tu película y tu artículo en el periódico. Yo únicamente intento ayudarte.

Matt toma un trago enorme de su *brik* de leche.

—¿Llamándome idiota?

—Ese vídeo ya ha tenido más de cinco mil visitas... deja de quejarte. Te estoy ayudando en tu búsqueda de la fama.

búsqueda

—Yo no quiero ser famoso.

—Pues quién lo diría.

Me dan de repente ganas de coger su plato de asqueroso guisado de carne y tirárselo encima.

—Probablemente no son cinco mil personas *diferentes* –añade Bólido–. Estoy seguro de que algunas personas lo han visto montones de veces.

No le hago caso y vuelvo con Matt.

—Si ibas a colgar un vídeo mío en YouTube, ¿por qué no pusiste uno en el que subo cuatro tramos de escalera por el pasamanos..., algo que a ti te daba demasiado miedo hacer?

Bólido y Joe se ríen y Matt se pone a la defensiva.

—No tenía miedo. Estabas tan ocupado presumiendo que ya no sobró tiempo.

Joe hace como que lee un libro de su mochila.

—Yo... puedo... hacer... montones... de... acrobacias– dice burlándose.

Lo que me duele no es su imitación...: es lo fuerte que se ríe Matt con esa broma.

defensiva

burlarse

imitación

Me giro para mirar de frente a mi ex mejor amigo.

—A lo mejor también podrías haber hecho de doble... si no hubieras tenido que irte corriendo a tu casa para hacer de canguro de tu hermano de veintitrés años. —Normalmente, jamás habría usado a Jamie como arma contra Matt; pero, si nuestra amistad ha terminado, un golpe bajo parece lo justo—. ¿O eso fue la vez que no vino a casa durante una semana y tus padres no sabían dónde estaba?

Bólido y Joe miran a Matt para ver si estas cosas de Jamie son ciertas. Matt parece herido por mi comentario y, durante un segundo, me siento mal.

—¡Tú eres el *pringao* —chilla—, no Jamie!

Matt se abalanza desde el otro lado de la mesa y las dos chicas que están al otro extremo se ponen de pie.

—¡Eh! ¡Calma!

El señor Walsh, el profe de gimnasia, coge a Matt.

—Guardad las fuerzas para la clase de Educación Física, a menos que queráis pasar el resto de la tarde en el despacho del señor Dimitri.

—¡Ha empezado él! –Matt me señala con un dedo acusador.

Bólido y Joe meten las narices.

—¡Ha sido Derek!

—¡No es verdad! –digo.

—No me importa *quién* ha empezado. YA ha terminado.

El señor Walsh lleva a Matt a su asiento y se queda un rato detrás de él. Matt, Bólido, Joe y yo permanecemos en silencio hasta que se va.

Matt se termina la leche y aplasta el *brick*.

—Es mejor que vayas a la biblioteca antes de que empiece la clase –dice–. Saca *Buenas noches, Luna* antes de que lo haga alguien más.

Cuando me voy del comedor, me siento como si todos se estuvieran riendo a mis espaldas. Hace unos días, me preocupaba que la gente del estudio de cine se burlara de mí; nunca pensé que me iban a ridiculizar en mi propio colegio. ¡Mi mejor amigo!

ridiculizar

Entro en los lavabos que están junto a la enfermería y me encierro en una cabina.

No soy capaz de recordar cuándo fue la última vez que lloré, pero ahora lloro.

UN AMIGO INESPERADO

Dedico el resto del tiempo de la hora de comer a lavarme la cara y componerme. Durante un minuto pienso en decir que no me encuentro bien e irme a mi casa, pero no quiero darles esta satisfacción a Matt, Bólido y Joe. Agacho la cabeza y voy deprisa hacia la puerta cuando suena el timbre.

Decido no contarles nada a mis padres; solo pensar en la expresión de tristeza en la cara de mi madre si viera el vídeo de YouTube es razón suficiente para mantenerme callado. No he tenido oportunidad de comer en el colegio, así que cuando vuelvo a casa devoro mi sándwich y le doy las cortezas a Bodi. Luego saco a Frank de su jaula y me lo llevo con Bodi a mi habitación. Por mucho que me duela, uso el portátil de mi padre para ver otra vez el vídeo. No es noticia que siempre he tenido problemas de lectura, pero ahora lo siento como una verdadera discapacidad. Cuanto más lo veo, más roto me siento. Y cuando pienso en que además he perdido a mi mejor amigo, lo que quiero es esconderme bajo el edredón que hizo la abuela y no volver a salir jamás.

discapacidad

No hago caso cuando llaman a la puerta de atrás; espero que quien sea se marche. Como siguen llamando, cojo en brazos a Frank y bajo.

Carly espera en la puerta; señala al mono que llevo en brazos.

—¡Este debe de ser Frank! ¡Qué encanto!

Pongo los ojos en blanco y la dejo pasar.

—Ya sé que quieres cogerlo, pero los monos son raros con la gente que no conocen. No quiero que te muerda.

—Yo tampoco quiero que me muerda —dirige la mano hacia su cabeza—. ¿Puedo acariciarle?

Le digo que puede si se mueve despacio. Ella sonríe al tocar la piel de Frank. Le digo que está bien que acaricie a Frank, pero que no puede olvidarse de Bodi. Ella se agacha y pone su cara junto a la de Bodi mientras le rasca la panza. Bodi parece tan contento que casi me alegro de que Carly haya venido.

—He pensado que podríamos ir a la tienda de vídeos del Village y ver si han traído novedades interesantes esta semana.

Carly y yo nunca hemos hecho nada así, por eso me parece sospechoso inmediatamente.

sospechoso

—No tienes que salir conmigo solamente porque Matt y yo ya no seamos amigos.

Me mira a la defensiva.

—No es por eso por lo que he venido.

—Sí has venido por eso.

Ella se pone en jarras, todavía más desafiante.

desafiante

157 ★

—He venido porque no quería que estuvieras sentado por ahí pensando en ese estúpido vídeo.

—Eso es un poco difícil, cuando ya lo han visto ocho mil personas.

—Han sido solamente cinco mil –dice Carly.

—Bueno, pues ahora ya son ocho mil. Eso sin mencionar cuanta gente ha escrito comentarios sobre lo tarado que soy.

Carly sigue acariciándole la barriga a Bodi.

—¿Hay alguna forma de poder quitarlo?

Le digo que necesitaríamos la contraseña de Matt, y no la tengo.

—¿No sospechas cuál puede ser?

Corro a mi cuarto, cojo el portátil de papá, y Carly y yo intentamos distintas combinaciones de palabras y números, pero sin suerte.

combinaciones

Todo esto es por culpa de Bólido y Joe –dice Carly–. A ellos Matt les importa un pimiento, pero de todos modos él intenta impresionarlos.

impresionar

Cierro el ordenador y le pregunto a Carly si podemos hablar de alguna otra cosa. Tendría que haberme imaginado que le gustaría hablar de Tanya Billings: qué aspecto tiene vista de cerca, qué llevaba puesto, cosas a las que yo no presté atención. Mientras Carly me interroga, llama Tony para ponerme al día del plan de rodaje del día siguiente. Carly da saltos por la cocina señalándose con fervor. Yo digo que no con la cabeza, pero ella no para.

fervor

—¿Puedo llevar a alguien? —le pregunto a Tony.

Hace una pausa antes de contestar.

—Probablemente no es adecuado, porque estarás trabajando. Espero que no se sienta decepcionada.

—Yo no he dicho que sea una chica.

Tony se ríe.

—¿Pero lo es?

En vez de responder, le digo a Tony que lo veré mañana.

Carly sigue dando saltos y tirándome de la manga.

—¿Qué? ¿Qué?

—Me gustaría, pero no puedo. Lo siento.

Ponemos a Frank en su jaula y salimos para poner conos de tráfico en el jardín. Entramos en el garaje y sacamos la carretilla, la nevera portátil y la también escalera. Lo ponemos todo por el jardín más o menos cerca y pasamos la hora siguiente corriendo y saltando los obstáculos, tratando de hacerlo con menos tiempo que el otro.

No suponía que Carly fueran tan ágil. Mi madre sale después de su último paciente y nos trae limonada y mini madalenas. No he pensado en el vídeo ni en Matt en todo el rato que Carly ha estado aquí, y, cuando se marcha y le digo que me lo he pasado muy bien, es la pura verdad.

UN MOMENTO EMBARAZOSO;
POR SUERTE, NO PARA MÍ

Esta vez, mamá me acompaña al plató. Salimos por la mañana temprano para no quedarnos atascados en el tráfico. Cuando me pregunta si las cosas entre Matt y yo han mejorado, le digo que sí, a pesar de que no sea cierto.

Mamá le da nuestros nombres al guarda del control, que antes de dejarnos pasar se pone a hablar durante unos minutos sobre el día que hace hoy. Tony busca una silla para mi madre y luego me pide que haga unos cuantos recorridos antes de que llegue la directora. Le digo que estoy deseando empezar.

desechar

Siguiendo las indicaciones de Tony, dedico unos momentos a examinar el entorno. El plató se ha transformado en un desguace gigante, con óxido falso, suciedad y electrodomésticos desechados. Tony y yo, juntos, planificamos la mejor ruta por los obstáculos.

—Si empiezo por la bañera, luego rodeo la estatua y paso por encima de la moto rota, puedo aterrizar en el minitrampolín y dar una vuelta sobre la mesa antes de trepar por la valla. ¿Cómo lo ves? –le pregunto.

Tony sonríe.

—Es exactamente lo que haría yo también.

Uno de los ayudantes de producción le dice a Tony que la directora está de camino, así que Tony me lleva hasta mi marca, se pone a un lado y me dice que lo haga una vez.

Tomo carrerilla para empezar saltando por encima de la bañera. Pero fallo.

Mi madre se levanta de la silla para ver si estoy bien. Me alegro de que no venga

orriendo hasta donde estoy, como hacía
uando era pequeño.

—¿Has calculado mal este salto? —Tony
ne da la mano y me saca de la bañera de
n tirón—. ¿Estás bien?

calcular mal

Le digo que estoy bien y salgo de la ba-
era. Mi madre se sube las gafas de lectu-
a a la cabeza, y eso quiere decir que ahora
a a estar mirándome todo el rato. Voy ha-
ia mi marca y empiezo a correr, pero Tony
ne detiene.

—¿Te acuerdas de lo que hablamos el día
ue nos conocimos en la UCLA? *Parkour* es
abrirte camino entre los obstáculos". Tanto
i es una escalera como si es un problema
n el colegio, necesitas planificar el mejor
amino posible para rodear el obstáculo.
Tony recorre el desguace artificial con la
nano—. Míralo bien y luego pon en prácti-
a tu plan.

poner en práctica

Intento no pensar en que cada vez hay
nás miembros del equipo mirándonos, y me
oncentro en la mejor ruta para mi objetivo.
ony me recuerda que la seguridad va antes

que el riesgo. Esta vez, cuando me dice que empiece, corro, salto y trepo como si fuera la cosa más natural del mundo. Cuando termino, se me acerca a la valla y me estrecha la mano.

—Vamos a ver si hoy eres Fallon Unasolatoma —dice—. Pero no te sientas presionado...; haz todas las pruebas que necesites.

Tony presenta a mi madre a Collette, que lleva zapatillas de baloncesto rojas, mallas y una sudadera con capucha. Sus ayudantes revolotean a su alrededor con teléfonos móviles y café, mientras ella le cuenta a mi madre lo profesional y listo que soy. Mamá asiente educadamente con un gesto, pero seguramente piensa en que esta semana casi mato a nuestro mono.

Cuando Collette grita "¡Acción!" cometo el mismo error del ensayo y aterrizo como una ballena gigante en la bañera. Tony y la directora vienen corriendo para ver si estoy bien, pero lo único que me duele es mi orgullo. Siento pánico durante apenas un instante, cuando una de las ayudantes cambia la claqueta a SECUENCIA 43, TOMA 2; pero, cuando llega el momento de hacerlo otra vez, me muevo por el montón de trastos como un profesional.

La directora graba unas cuantas veces más desde distintos ángulos, y yo lo clavo cada vez. Me da las gracias efusivamente y dice al equipo que se prepare para la siguiente secuencia.

efusivamente

—¿Quién iba a decir que saltar desde el tejado del garaje y colgarte en la tirolina iba a prepararte para tu primer trabajo?

Mamá se acerca para darme un abrazo, pero se lo piensa mejor al ver toda la gente que hay alrededor. Por fin se ha dado cuenta de que ya soy demasiado mayor para esa clase de demostraciones afectivas.

Tony nos llama.

—Tanya va a rodar la siguiente secuencia. ¿Queréis verlo?

Miro a mamá, que dice que le parece bien quedarnos todo el tiempo que yo quiera. Seguimos a Tony por el plató hasta el decorado del jardín donde Tanya está sentada bajo un árbol con la actriz que hace de su madre. Nos quedamos los tres detrás de la directora, donde Tanya no nos ve.

—¿Estás lista? —le pregunta Collette a Tanya.

Ella asiente y Collette grita "¡Acción!".

—Chris —dice la mamá actriz—, tienes que dejar de hablar de alienígenas. Estás empezando a preocuparme.

—Ya te lo he dicho —dice Tanya—, se han trasladado a casa.

Collette grita "¡Corten!" y se acerca a Tanya. Desde donde estamos, puedo oír las instrucciones.

—La frase que sigue es "se han trasladado a la casa de al lado". ¿Quieres intentarlo otra vez?

Tanya dice que sí con la cabeza. Cuando Collette se da la vuelta para volver a su sitio, la actriz le hace un guiño a Tanya y le sonríe, pero su ceño está fruncido.

ceño fruncido

En la claqueta pone SECUENCIA 31, TOMA 2. Tanya se equivoca otra vez al decir la frase. Y otra vez. Y otra vez.

Collette indica al equipo que se tome cinco minutos de descanso y se acerca a Tanya.

—¿Qué ocurre? –le pregunta Collette con suavidad–. ¿Necesitas algo?

Mi madre me toca con el codo; significa que es hora de irnos, pero yo estoy clavado en el sitio.

clavado en el sitio

—Es difícil memorizar tanto texto –dice Tanya–. Me he leído el guion un millón de veces, pero no consigo recordar todas las palabras.

La directora la toma de la mano y hace que se ponga en pie. La actriz que hace de madre se levanta también.

—Vamos a tu remolque, leeremos allí la escena juntas –propone Collette.

Tanya asiente y se van hacia el remolque que está fuera del plató.

—¿Lo ves? –susurra mamá mientras vamos hacia el coche–. No eres el único que pasa un mal rato con las palabras.

No hace falta que mamá me traduzca el significado. ¡Tanya Billings, megaestrella adolescente, tiene algo en común CONMIGO!

SITUACIÓN DIFÍCIL

Es obvio que la señorita McCoddle no sabe que Matt y yo ya no somos amigos, porque nos manda hacer juntos el trabajo de Historia. Cuando dice nuestros nombres en voz alta, espero que Matt ponga mala cara, pero parece callado y triste.

poner mala cara

La profe nos pasa una línea de tiempo y dice que hay que entregarlo cuando termine la clase. Hago como que estoy buscando mi bolígrafo antes de enfrentarme a Matt.

—He quitado el vídeo de YouTube –dice–. Tenías razón...: estuvo mal.

Podría simplemente aceptar sus disculpas, pero todavía estoy bastante enfadado
con él por haberlo colgado.

—¿Qué te ha hecho cambiar de opinión?
¿Bólido y Joe se han cansado ya de ti?

Matt sacude la cabeza.

desafortunado

—Es como burlarse de alguien en silla
de ruedas y que esté tratando de bajar de
la acera. No tiene gracia. Fue algo desafortunado.

Hace garabatos en su mesa mientras
habla.

—No sé... Como Tony te eligió a ti en vez
de a mí, me sentí apartado. Luego, todo el
colegio ha armado tanto alboroto...

Da la impresión de que va a echarse a
llorar, y yo sé cómo se siente. Quiero hacer lo que sea para que Matt vuelva a ser el
mismo de siempre, así que le digo que está
todo bien. Se le ilumina la cara justo cuando la señorita McCoddle se acerca a nuestras mesas para decirnos que trabajemos.

—No es solo que te burlaras de mí. Podrías meterte en un buen lío por colgar vídeos de otras personas sin su permiso.

—Créeme, ya me he metido en un buen lío. Mi padre estaba furioso.

No digo nada, pero no siento que a Matt le haya caído una bronca.

Mientras hacemos el trabajo, cambio de tema y le cuento a Matt lo de Tanya Billings de ayer en el plató.

—No soy solo yo –le digo–. A montones de chavales les cuesta estudiar.

—No –responde–. Sobre todo a ti.

Me dedica una enorme sonrisa y, así, sin más, las cosas con mi mejor amigo vuelven a la normalidad.

UNA IDEA

Cuando llego a casa después del colegio, me esperan no solo Bodi y Frank, sino la copia de mis padres de nuestro contrato que está encima de la mesa de la cocina.

Mi padre señala el contrato, luego señala a Frank. Pasado un momento, me doy cuenta de lo que quiere.

—Probablemente Frank está bien –digo–. Mamá le ha cambiado esta mañana.

—Su pañal no está bien –dice papá–. Y lo he dejado para ti.

En cuanto protesto, papá dirige otra vez mi atención al contrato. Llevo a Matt a una

asqueroso

sala vacía de la consulta de mamá y empiezo la asquerosa tarea de cambiarle el pañal a mi mono. Justo cuando estoy a punto de decirle a uno de los becarios de la clínica que se me ha olvidado cómo se hace y que si me puede ayudar, aparece mi madre. Su ceja derecha permanece levantada mientras se inclina hacia el interior desde el marco de la puerta y se asegura de que termino el trabajo.

—Muy bien.

Me pasa una bolsa de plástico para el pañal sucio, del que no puedo librarme con suficiente rapidez.

—La señora de la organización que se ocupa de los capuchinos ha llamado preguntando por Frank —dice mamá.

—No le has dicho nada de lo del caballo, ¿verdad?

—He tenido que decírselo. Ha sufrido cirugía mayor. No se ha puesto muy contenta y quiere volver a evaluar su estancia con nosotros.

volver a evaluar

—No quiero que se lo lleven —digo—. ¿Qué tenemos que hacer para que se quede?

—Vas a tener que llamarla tú —responde mamá—, y hacerle esa misma pregunta.

De todos los momentos didácticos que me endiñan mis padres, el peor es hablar con adultos sobre mis errores. Desde disculparme con el señor Parker por usar su grifo para llenar globos de agua hasta decirle a la señora Donaldson que en realidad no tenía intención de cavar en una zona de su jardín cuando construí mi rampa para el monopatín, la insistencia de mamá en la "responsabilidad personal" siempre ha sido bochornosa. ¿Y ahora quiere que llame a alguien que está a casi cinco mil kilómetros y le ruegue que me deje quedarme con mi mono?

insistencia

Y cuando pienso que las cosas no pueden ir peor, voy a casa y me encuentro a Ronnie esperando en el porche.

—¿Te habías olvidado de nuestra cita?

—No es una cita.

—Puede ser, pero *yo* no me he olvidado. Vamos a empezar leyendo en voz alta por donde lo dejamos la última vez.

cita

—¡Oh, no!

Si le digo lo del vídeo de YouTube, mis padres acabarán enterándose, y ahora que las cosas con Matt han mejorado, no creo que merezca la pena hacerles pasar por eso.

—Bueno, vale, ¿y qué tal si haces tus dibujos? —dice Ronnie—. Puedes ilustrar la historia mientras leemos.

He estado tan ocupado con la película estos últimos días que casi me he olvidado de mi cuaderno de dibujo. Voy a mi cuarto a por él y paso rápidamente las páginas de los dibujos de mis últimas palabras de vocabulario. Entonces se me ocurre una idea.

Le digo a Ronnie que vuelvo enseguida y busco el guion de la película en el estudio de mi padre. Aún no lo he leído, pero busco entre las noventa páginas hasta que encuentro la secuencia 31. En efecto, ahí están las palabras que Tanya estaba intentando recordar ayer.

—¿Quieres ilustrar el guion de la película? —pregunta Ronnie—. ¿No deberíamos trabajar en el libro del colegio?

Leo despacio la secuencia, luego giro mi cuaderno. Dibujo varios cuadros como en las tiras cómicas y pongo figuras que representan la historia. Ronnie sugiere ideas, pero la mayoría me lo deja a mí. Cuando he terminado, rebusco en mi mochila para coger el plan de rodaje para el resto de la semana, y también ilustro esas secuencias.

—Hoy has hecho un buen trabajo –dice Ronnie.

Levanto la vista de mis dibujos para ver si está siendo sarcástico, pero parece que lo dice en serio. Se despide de Frank antes de salir y me recuerda que el lunes nos vemos.

sarcástico

Cuando papá entra para empezar a hacer la cena, le pregunto si me haría un favor.

Le enseño mis dibujos y el guion.

—¿Vas a estar cerca de Culver City mañana? ¿Podrías llevar esto al plató?

Mi padre deja la berenjena y mira mi trabajo.

—Claro. Me alegra poder hacerlo.

Pongo los dibujos en un sobre y escribo en él el nombre de Tanya Billings. Luego incluyo una nota.

Tanya:

Te mando unos dibujos de tus próximas secuencias. Quizá te sean útiles, quizá no.
  Buena suerte,

Derek ("Doc")

Luego dejo el sobre en el asiento delantero del coche de mi padre para que no se le olvide.

UN PLAN DIABÓLICO

Matt se reúne conmigo en mi taquilla como si nunca hubiera pasado nada malo entre nosotros.

—¿Qué te dijo de Frank esa señora?

—Está aquí para una gran presentación, así que vendrá el viernes por la noche antes de tomar el avión hacia Boston. Mamá me ha dicho que tengamos preparadas las cosas de Frank por si esa señora decide llevárselo. No puedo creerme que quizá no vuelva a verlo.

Bólido y Joe vienen por el pasillo hacia nosotros. Matt y yo nos miramos; ni él ni yo queremos problemas.

Una de las cosas que sé que no seré cuando sea mayor es psiquiatra, porque nunca me hago una idea de qué es lo que les pasa a las personas por la cabeza. Por alguna razón, Bólido tiene la descabellada idea de que yo le he robado a Matt, por eso intenta constantemente pillarme la mano con la puerta de mi taquilla o me quita el *skate* mientras meto mis libros en la mochila. Por fin recupero el monopatín, pero todo este teatro ha sido una enorme pérdida de tiempo.

—¿Qué tal estáis hoy, *niñas*? —pregunta Bólido.

Joe intenta apartarse el flequillo de la frente, pero lo tiene tan sudado que no se mueve.

Como Matt y yo no respondemos, Bólido le da a Joe en el brazo y se van los dos por el pasillo.

—A veces me dan miedo. No sé cómo has podido ir con ellos.

—Si haces como que eres un neandertal, resultan divertidos. —Matt se apoya en su taquilla—. Y esto nos lleva al tema de tu primate particular. ¿Qué pasaría si Frank no

teatro

neandertal

estuviera allí cuando esa mujer fuera a tu casa? No podría llevárselo.

—¿Y dónde iba a estar? La consulta de mi madre está en la casa de al lado...: lo encontraría.

—Podría no estar en la consulta de tu madre. Podría estar en otra parte.

Matt me dedica su sonrisa más diabólica.

—¿Y si dejas abierta la puerta de atrás y yo entro y me lo llevo? En su jaula, claro. Para que esté seguro.

—¿Estás de broma? Mi madre se volvería loca. *Frank* se volvería loco.

—Has dicho que esa mujer tiene que tomar un avión, ¿no? Todo lo que tenemos que hacer es esconderlo hasta que tenga que irse al aeropuerto. No va a perder el avión que la lleva a su casa. Luego la llamas al día siguiente y le dices que Frank y tú habíais ido a visitar a Pedro y que sientes mucho no haberla visto.

Escuchando el plan de Matt, me doy cuenta de que la vida es mucho mejor cuando está a mi lado. Mientras cierro mi taquilla,

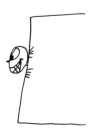

acechar

descubro que Bólido y Joe están acechando a la vuelta de la esquina.

—¿Nos estáis espiando? –pregunto–. Meteos en vuestros asuntos.

Joe hace un movimiento hacia mí, pero Matt le dice que se pierda.

—Yo creo que deberías pensarte lo de la operación Esconder a Frank –continúa Matt cuando se van–. Lo cuidaré bien, lo prometo.

No necesito pensarlo dos veces.

—No voy a dejar que Frank pase por ese trauma. Aunque signifique perderlo.

Matt se para y me mira a los ojos.

—¿Es que no confías en mí y piensas que me lo voy a quedar?

—¡No! No es eso...

Intento decir el resto de la frase, pero no puedo. Al cabo de un rato lo intento de nuevo.

—Me hiciste mucho daño, pero no es por eso. Quiero lo mejor para Frank

–Matt sonríe y entra en la clase.

—Bueno, lo resolveremos de otro modo. No vas a perder a ese mono.

Y como Matt es mi mejor amigo, le creo.

OTRA VEZ EN EL PLATÓ

He estado en el remolque del *catering* tratando de ver a Tanya Billings, pero dos donuts, tres refrescos y dos chocolatinas más tarde sigo sin haberla visto. Me gustaría saber qué ha pensado de mis dibujos y si le han ayudado a estudiar su papel. La amable señora que lleva toda la mañana dándome golosinas dice que no está segura de si hoy Tanya tiene rodaje. Me ajusto la peluca, que se sujeta en su sitio con horquillas. Sigo sin acostumbrarme a ir vestido de chica para hacer el doblaje.

Como papá piensa que no he cumplido mi parte del trato en cuanto a la lectura, le ha

boquiabierto

pedido a Ronnie que me dé la clase mientras espero mi secuencia. Ronnie nunca ha estado en un plató de cine, así que se pasea por ahí boquiabierto.

—Hay cientos de personas trabajando en esta película. Es como una ciudad.

Ronnie casi se muere del susto cuando ve venir hacia nosotros a un alienígena verde.

—He estado sentado en el remolque de maquillaje durante cinco horas –dice Tony–. ¿Qué os parece?

Se da la vuelta como un modelo marciano.

—¡Mola!

retroceder

Cuando le toco las escamas viscosas, mi mano retrocede.

—¡Qué asco!

—Y tanto que da asco –le dice Tony a Ronnie–. El tío que se encarga del maquillaje de esta película es el mejor.

Le presento a Ronnie, que parece tener miedo de estrecharle la mano. Le pregunto a Tony qué va a rodar esta mañana.

—Persigo a Tanya por la casa –dice–. Mañana ella me prenderá fuego.

Tony me da detalles de lo que le ocurre al alienígena, pero yo únicamente pienso en que Tanya debe de estar hoy en el plató. Como si mi mente la conjurara, aparece a mi lado.

—Creía que ya habías terminado –dice Tanya.

Le digo que hoy es mi último día. Luego le presento a Ronnie, que empieza a arreglarse el pelo con desesperación. Al final consigue controlarse y decir hola.

desesperación

Tanya me lleva aparte.

—Me han gustado tus dibujos. Y la verdad es que me han ayudado a aprenderme mi texto.

—Así es como aprendo yo mi vocabulario.

Abro mi mochila y saco mi cuaderno de dibujo. Ronnie se acerca con una gran sonrisa, como si él hubiera hecho los dibujos y hubiera inventado un método de lectura. Le lanzo una mirada que le dice *déjanos solos* y se va a consolarse con una chocolatina.

consolar

Tanya ojea mi cuaderno.

—Están genial —saca un guion de su mochila—. Me ha parecido una idea tan buena que he decidido hacer yo mis dibujos.

Veo su copia del guion y se me cae el alma a los pies. Sus ilustraciones son diez veces mejor que las mías...; no: cien veces mejor. Son divertidas y sofisticadas y están dibujadas perfectamente. Yo iba a preguntarle si quería que la ayudara ilustrando su siguiente escena, pero me doy cuenta de que no necesita la ayuda de mis monigotes. Le digo que sus dibujos son asombrosos.

sofisticado

—Ha sido idea tuya..., yo solo la he copiado —me coge la mano y la aprieta antes de volver a su remolque—. Nos vemos luego.

Una docena de pensamientos se agitan en mi cabeza: ¡Tanya Billings acaba de estrecharme la mano! ¡Mis ilustraciones la han ayudado! ¿Por qué le huele el pelo a canela? ¿Qué ha querido decir con eso de "nos vemos luego"?...; es mi último día en el plató: ¿cómo piensa verme otra vez?

Debe de parecer que me han disparado gas paralizante, porque Tony, el *Alienígena*, agita la mano delante de mi cara.

trance

—¡*Tierra a Derek, Tierra a Derek*!

Me sacudo para salir del trance.

—Así es la vida del especialista de cine -dice–. Cuando la película termina, también termina tu relación con el actor a quien estás doblando.

Veo entrar a Tanya en su remolque, con la esperanza de que se gire una vez más para decirme adiós con la mano.

Pero no lo hace.

OTRO SECUESTRADOR

Contesto al teléfono al primer timbrazo.

—He ido a tu casa para ver a Frank –dice Matt.

—¡Ya te dije que lo de raptarle, ni pensarlo!

—No iba a cogerlo, te lo prometo –dice Matt–. Quería verlo porque no lo he visto desde antes de la operación, pero no estaba.

—Mira en la consulta de mi madre. A lo mejor se lo ha llevado para que no se sienta solo.

Matt dice que me volverá a llamar enseguida.

—¿Estás preparado para darle a los libros otra vez? —pregunta Ronnie—. Faltan todavía varias horas hasta tu próxima secuencia.

Para librarme de la lectura, le pregunto a Ronnie si podemos mirar antes la escena de Tony.

obligación

—Tienes la obligación de hacer tu trabajo —dice Tony—. Firmaste un contrato, ¿te acuerdas?

Contesto a mi teléfono al primer timbrazo: cualquier cosa con tal de cambiar de tema.

—Carly está aquí —dice Matt.

Este día se va volviendo cada vez más confuso por segundos.

—¿Qué tiene que ver Carly con lo que sea? —pregunto.

—Ha visto a Bólido en su casa ¡y tiene a Frank! Él y su primo lo van a llevar a donde trabaja su padre.

—¿Qué? ¿Por qué?

pirao

—Porque es un pirao...; ¿cuántas razones necesitas? He corrido a decírselo a tu madre, pero no está. ¿Qué hago?

—Los monos muerden —le digo a Matt—. ¿Lo sabe Bólido?

—Es culpa mía —dice Matt—. Si no hubiera salido con Bólido y no le hubiera hablado sobre tu mono, esto no habría pasado. Seguramente nos escuchó ayer a escondidas y ha entrado en tu casa.

—No te preocupes de eso ahora. Lo único que necesitamos es recuperar a Frank; si no, la señora de Boston se lo llevará con ella, seguro.

—Jamie no está haciendo nada —sugiere Matt—. Voy a ver si puede llevarme en coche hasta allí.

Le oigo hablar con alguien al otro lado del teléfono.

—Carly también viene —dice por fin Matt—. ¿Puedes reunirte con nosotros allí?

No quiero estropear mi secuencia, pero le digo a Matt que buscaré la manera de hacerlo.

—¿Cuánto tiempo tengo hasta que me necesitéis? —le pregunto a Tony.

Mira el reloj del otro camión (supongo que los alienígenas no llevan reloj).

—Tu escena se rueda dentro de tres horas.

—Habré vuelto para entonces.

Cojo a Ronnie y le digo que hay una emergencia y necesito que me lleve en su coche.

—¡Eh, eh! –dice Tony–. No puedes irte así.

Con toda la confusión, me olvido de que llevo puesta la peluca y el chándal de chica que necesito para la última escena.

—Un amigo tiene un gran problema –le digo a Tony–. Volveré pronto, te lo prometo.

Tony se para a pensar un momento.

—Te llamaré para que me informes. ¡Tú asegúrate de que no me dejas colgado!

Justo cuando ya estoy a punto de irme, veo que vuelve Tanya.

—¿Qué vas a hacer ahora? –me pregunta–. Tengo unas horas libres. ¿Quieres que veamos una peli en mi remolque?

Esta invitación es, con mucho, la mejor que me han hecho en toda mi vida. Durante un segundo intento convencerme de que Matt y Carly pueden recuperar a Frank

convencer

solos, que estar con Tanya en su remolque es lo que escogería cualquier chico. Pero ese pensamiento desaparece rápidamente. Frank es responsabilidad mía; soy yo quien tiene que recuperarlo.

—Tengo que irme, Tanya–. Un estúpido de mi colegio me ha robado mi mono.

—Si no quieres ver una película conmigo, solo tienes que decirlo. No hace falta que te inventes una excusa tan ridícula.

—Es la pura verdad.

De repente, me doy cuenta de que los dos llevamos puesto el mismo chándal rosa, las zapatillas y el pelo oscuro largo... como unos gemelos raros.

—¿Quieres venir?

Llama a una de las ayudantes de producción, que se lo dice a la directora por el *walkie-talkie*.

—Siempre y cuando estés aquí a las dos –le avisa la ayudante.

Tanya y yo arrastramos a Ronnie hasta su coche para que haga de chófer.

chófer

COMO EN EL CINE

Mientras nos dirigimos hacia el almacén esde distintas partes de la ciudad, Matt ne va dando indicaciones por SMS. Aunque enemos mucha prisa, Ronnie va con mu- ho cuidado y no rebasa el límite de veloci- ad. Cuando ya estamos cerca de la nave, le nando un mensaje a Matt para que me diga ómo van las cosas; dice que llegará pronto.

Esto tiene más acción de lo que Ronnie speraba, y parece aliviado cuando le pro- ongo que espere en el coche.

Me apresuro a entrar en el gigantesco lmacén.

—¡Hola! –grito–. ¿Hay alguien?

Frank empieza a chillar cuando oye mi voz.

—Devuélveme a mi mono. No es un juguete ni una mascota..., es un animal que muerde.

Esta última frase suena como si hubiera
salido de la boca de mi madre.

Veo a Bólido justo cuando está a punto
de abrir la jaula de Frank.

—Joe vendrá pronto. Le va a encantar
esta cosita.

—¡No lo hagas! –grito.

—Le gusto –dice Bólido–. Lo noto. Además, llevo manga larga para protegerme.

—¡Como si una camiseta pudiera servir
para parar el mordisco de un mono! ¿Qué te
pasa? ¿Y si te muerde en la cara? ¡Queda-
rías desfigurado para toda la vida!

desfigurado

Miro alrededor del almacén buscando a
padre de Bólido, con la esperanza de que le
diga algo a su hijo y que le haga entrar e
razón.

—Aquí no hay nadie que te pueda ayudar –dice Bólido–. Todos están en una reunión en la nave de al lado.

Tanya ha estado todo el rato detrás de mí, pero ahora da un paso.

—¿Ese es Frank?

Bólido pone cara de sorpresa mucho mejor de lo que un actor profesional podría lograr.

—¿Eres Tanya Billings?

Probablemente a Tanya le han preguntado eso miles de veces, aunque ella sonríe y asiente como si fuera la primera vez.

—Sí. Encantada de conocerte.

Cuando Bólido se gira hacia Tanya, suelta la puerta de la jaula. Frank sale y se aleja corriendo de Bólido.

—¡Páralo! –grito–. ¡No puede estar suelto!

Corro hacia la jaula, pero Frank ya ha cruzado la mitad del enorme almacén.

—¡Idiota! –le digo–. Jamás conseguiremos encontrarlo aquí.

Lo último en lo que pensará Bólido será en buscar a Frank en este laberinto. Está junto a Tanya balanceándose hacia delante y hacia atrás como si tuviera dos años. Pero no puedo ocuparme ahora de salvar

laberinto

a Tanya de las preguntas idiotas de Bólido: tengo que encontrar a mi capuchino.

Oigo la voz de Matt y le grito:

—¡Por aquí! ¡Tienes que ayudarme!

Matt y Carly corren hacia mí. Matt rompe a reír cuando ve mi chándal, pero todavía se queda más parado cuando ve a Tanya Billings. Frena con tanta fuerza que sus zapatillas dejan marcas de goma en el suelo de hormigón.

Antes de que Matt entre en competición con Bólido para ganarse la atención de Tanya, Carly le coge del brazo.

—Somos grandes admiradores tuyos, de verdad —le dice a Tanya—, pero ahora tenemos que ayudar a Derek.

—Para eso he venido yo también —dice Tanya.

Carly, Tanya y Matt corren al centro del almacén, donde he localizado por fin a Frank. Cuando se nos acerca Bólido, le digo que se pierda.

—Esto ha sido culpa tuya —le digo—. Has entrado en mi casa sin permiso.

—La ventana de la cocina estaba abierta.

—Te has llevado a Frank..., que ni siquiera es mío. Solo somos una familia de acogida.

Mientras hablo, intento llamar la atención de Frank.

Bólido parece decepcionado, como si lo que hubiera planeado con gran esfuerzo se estuviera desintegrando delante de sus ojos. Me pregunto si está haciendo como que lo siente para impresionar a Tanya; sin embargo, parece que su remordimiento es auténtico.

desintegrarse

remordimiento

—Solamente quería sentirme uno más –dice Bólido–. Tú y Matt sois muy buenos amigos. Yo nunca he tenido un buen amigo..., nunca.

—¿Y tú te crees que raptar al mono de Derek, que además lo están entrenando para que ayude a personas discapacitadas, es la forma de hacer amigos? –le pregunta Matt.

—¡Aquí está!

Carly señala a Frank, que está sentado en una caja enorme de madera por lo menos

a diez metros de altura, encima de cajas y
más cajas de estantes de almacenamiento
industrial.

—Derek tiene razón. Esto es culpa mía
—confiesa Bólido—. Yo lo cogeré.

—Lo asustarás todavía más.

Cuento los niveles de estantes desde
Frank hasta el suelo: cinco. Tony estaría orgulloso de cómo planifico mi ruta antes de
empezar a trepar.

—¡Ten cuidado! —dicen Tanya y Carly a
mismo tiempo.

Voy hacia la derecha y trepo a la cabina
de la grúa.

—¡Si le pasa algo al equipo —dice Bólido—
mi padre me mata!

—Deberías preocuparte por Derek, no
por la maquinaria —le dice Carly—.

maquinaria

Salto desde la grúa hasta el tercer estante. Estoy a más de seis metros del suelo; un paso en falso, y el daño que me haría
sería grave. Pero, igual que hago en la película, me concentro en dónde voy a poner
cada pie.

paso en falso

—Ya voy, Frank. Te llevaré de vuelta a casa.

Ruego que Frank no esté muy histéri-
co con toda esta actividad y con tanta gente extraña. No me imagino colgando de una
caja gigante a diez metros del suelo intentando convencer a un capuchino de que se
ponga en mi hombro.

El último metro es el que da más miedo; procuro no mirar abajo. Por fin, estoy lo
bastante cerca para ver bien a Frank. Parece aterrorizado.

Consigo encaramarme hasta el último
estante y me siento. El techo está a solo
metro y medio.

encaramarse

—Hola, amiguito. ¿Estás bien?

Frank debe de estar muy asustado, porque, a pesar de que llevo una peluca, se
acerca hasta mi brazo y se agarra a mí con
desesperación.

Miro hacia abajo para calcular cuánto he
trepado y me impresiono al ver a los demás, muy lejos. Todavía me sorprendo más
cuando me doy cuenta de que Matt me está
grabando.

—Pero ¿qué haces? —pregunto—. ¡Llevo ropa de chica!

—¡Tío, has estado genial! Tenía que grabarlo.

Carly, Matt y Tanya son todo sonrisas; Bólido solamente parece aliviado.

Acerco la mano a Frank y lo acaricio.

—¿Estás listo para bajar, amiguito? Agárrate fuerte.

Examino la ruta de bajada y decido que es más seguro ir poco a poco por arriba y luego descender por el extremo de la fila. Me tomo el tiempo que necesito..., que es en realidad una nueva habilidad para mí..., y por fin llego al suelo unos minutos después. Todos quieren decirle cosas a Frank, pero yo lo mantengo abrazado contra mí hasta que está a salvo en su jaula.

—Esto es más divertido que hacer una película —dice Tanya—. No tienes que preocuparte de estropearlo ante la cámara.

—A menos que tu mejor amigo sea el cámara.

Matt mueve su cámara como si saludara

Carly corre al lavabo para rellenar de agua el biberón de la jaula de Frank, y entonces me doy cuenta de cuánto ha ayudado en todo esto. Puede que haya sido la buenecita empollona del colegio todos estos años, pero últimamente se ha convertido en una amiga en quien se puede confiar.

confiar

Contesto a mi teléfono al primer timbrazo.

—¿Dónde estás? —dice Tony—. ¡Solo queda una secuencia antes de la tuya..., vuelve aquí!

Les pregunto a Matt y Carly si pueden llevar a Frank a mi casa. Por suerte, Jamie conduce el todoterreno de sus padres, así que hay mucho sitio.

—¡Despierta! —le digo a Ronnie, que parece dormido en el asiento delantero cuando nos metemos en el coche—. Tenemos que rnos.

—Tus padres van a tener que pagarme el tiempo extra —dice Ronnie—, y la gasolina también.

Tanya llama a Matt y a Carly.

—¡Ey! ¿Por qué no venís con nosotros a plató? Así podréis ver a Derek haciendo su última secuencia.

—Frank necesita ir a casa –digo.

Jamie interviene.

—Yo lo llevaré. Matt y Carly pueden ir con vosotros.

—¿Seguro?

Cuando coloco la jaula de Frank en la parte de atrás del todoterreno, me siento mal por haberme burlado de Jamie hace unas semanas. Se alegra de verme y está dispuesto a ayudar a Frank. Aunque está pasando por un mal momento, sigue siendo el mismo Jamie que siempre me ha caído bien. Vuelvo a darle las gracias por llevar a Frank a casa.

—¿Estás segura de que pueden venir al plató? –le pregunto a Tanya–. Tony me dijo que no llevara visitas.

Tanya sonríe.

—No creo que nadie nos ponga pegas.

Matt y Carly saltan a los asientos traseros del coche de Ronnie y de repente me doy cuenta de que Bólido está solo en el aparcamiento. Él ha sido el origen de todos mis malos ratos desde que empezaron las clases, pero sé lo que es que te dejen de lado, y, aunque me ha robado mi mono, casi empatizo con él.

empatizar

—Que lo paséis bien...; de todos modos, no puedo ir —Bólido saluda con tristeza a Tanya—, pero me alegro de haberte conocido, Tanya.

—Y yo a ti, Bólido —responde ella.

La expresión de Bólido pasa a ser una mezcla de placer y culpabilidad. Parece sentirse bastante mal por lo que ha ocurrido hoy.

placer

Tanya se va al asiento delantero y yo me voy atrás con Matt y Carly. Mientras Ronnie y Tanya hablan delante, Matt y Carly me dan codazos en las costillas y dicen solo moviendo la boca: "¡Tanya Billings!". Rompo a reír mientras vamos en dirección al plató.

UNA TOMA MÁS

Por un lado, pienso que es genial que Carly y Matt estén aquí para verme trabajar: hace que el trabajo parezca más real, no como algo inventado. Pero, por otro, estoy nervioso por tener a dos personas que conozco mirándome hacer algo en lo que caerte de culo es una clara posibilidad. No dejo que mi mente se vaya a la zona oscura de mi cerebro que dice: "Matt colgó un vídeo en YouTube donde apareces haciendo el ridículo. No lo estropees ahora, o lo volverá a hacer". Miro a mis amigos, respiro hondo, y tengo la determinación de que se sientan orgullosos.

determinación

aviador

reproducción

Collette, la directora, rodea a Tanya con un brazo. Con los rizos, el sombrero y las gafas de aviador, la cara de Collette queda casi oculta.

—¿Quiénes son tus amigos?

Antes de que yo pueda presentarle a Matt y Carly, Tanya se los presenta a Collette. Ruego para mis adentros que no pregunte qué están haciendo aquí o dónde hemos estado.

—¿Estás listo, chaval? —pregunta Collette.

—Listo —respondo.

—El decorado parece algo diferente a como estaba en los ensayos. Míralo.

Seguimos a la directora hasta el otro lado del plató, donde han levantado una reproducción de una calle en obras, con todo: una excavadora, luces intermitentes, carteles de precaución y actores con casco.

—¿Qué os parece? —nos pregunta Collette.

—Parece de verdad —responde Carly.

—¡Vaya! —Matt se fija en la larga fila de conos naranja que han puesto en la falsa calle y trata de cogerme el *skate* de las manos—. ¿Cuántos hay?

Collette hace ruido con su chicle.

—Treinta.

—¿Tienes que sortear treinta conos? —me pregunta Matt—. Sin tirar ninguno... ¡sería la primera vez!

Justo cuando voy a gritarle a Matt, él se vuelve hacia Collette.

—¡Es broma! He visto a Derek hacerlo con cincuenta sin darle ni siquiera a uno —miente.

Uno de los ayudantes le trae a Collette algo que tiene que firmar y, mientras, Matt me lleva aparte.

—Puedes hacerlo, Derek. Sé que puedes.

Carly lo separa de mí.

—Derek lo va a hacer fenomenal.

Collette termina con el ayudante y hace ademán de querer coger mi *skate*.

—¿Puedo?

Le doy mi monopatín y la sigo hasta el final de la calle.

—Cuando llegues al final del recorrido, ¿puedes hacerme un *nollie hardflip*? —me pregunta la directora—. Una cosa así.

Collette salta a mi *skate* y recorre la calle. Presiona con el pie delantero y patea con el trasero. Deja que la tabla dé la vuelta mientras ella está en el aire y luego aterriza en la tabla con los dos pies.

El equipo artístico y el equipo técnico aplauden con fuerza.

—Hago *skate* desde que tenía tu edad —me lo devuelve—. Ahora, a ver cómo lo haces tú.

Me digo a mí mismo que me está pidiendo algo que podría hacer hasta dormido, y me propongo estar tranquilo. Salto a mi monopatín, le hago a la directora mi *nollie hardflip* y aterrizo a unos centímetros de sus zapatillas de cuadros de ajedrez. Tony está detrás de ella y me dedica una enorme sonrisa. Todavía va con el traje de alienígena y lleva un parasol para estar más fresco.

parasol

Mientras Collette habla con uno de los operadores de cámara, Matt me lleva a un aparte.

—¿Una directora con gorra de los Dodgers que hace *skate*? ¡Es la mujer perfecta!

Carly mueve los ojos con sorna.

—Estoy segura de que tú también le interesas.

Me giro para ver si Tanya ha visto mi salto; está hablando por el móvil, además de tener a dos ayudantes pululando a su alrededor. Pero tengo cosas más importantes por las que preocuparme que impresionarla, como: hacer un eslalon por cincuenta conos sin caerme ni tumbar ninguno. Le pregunto a Tony qué pasaría si fallo.

—Tendrías que repetirlo hasta que te salga bien –dice el alienígena verde–. Los errores forman parte del proceso.

Una razón más por la que me gustaría que Tony fuera nuestro profe este curso.

—Estamos listos –dice Collette–. ¿Podéis empezar?

Tony y yo le decimos que sí.

—¡Eh, tú! –le grita a Matt–. Yo soy la única que graba aquí hoy, ¿entendido?

Matt apaga con tristeza su cámara y se la guarda en el bolsillo.

La ayudante del mechón de pelo morado se pone delante de mí con la claqueta y dice: "Secuencia 52, toma 1".

Collette grita "¡Acción!" y yo salto a mi *skate* y me voy por la *calle* hacia los conos

impacto

mientras Tony, *el Alienígena*, me persigue. Mi mente empieza con la cantinela "No lo fastidies, no lo fastidies, no lo fastidies"...; el primer cono que tiro me hace volar por la calle, que no se siente tan falsa después del impacto.

—¡Corten! –Collette se me acerca corriendo–. ¿Estás bien, campeón?

Aunque no me sienta como un campeón, le digo que estoy bien y veo cómo los utilleros preparan el recorrido otra vez.

Y otra vez.

Y otra vez.

Collette no parece preocupada y trata de rebajar la tensión con algunas bromas. Pero cuando la ayudante del pelo morado va a gritar "Secuencia 52, toma 9", Collette decide que necesitamos descansar cinco minutos.

Miro a Matt y a Carly, que me saludan entusiasmados con la mano, sin tener en cuenta que he estropeado las últimas ocho tomas.

Tony camina hacia mí con las manos extendidas como si fuera un monstruo. Yo agradezco su esfuerzo, pero las bromas no rebajan lo más mínimo mi nivel de tensión.

—¿Te ponen nervioso tus amigos? –me pregunta Collette–. ¿Quieres que te esperen en algún otro sitio?

Le digo que no es por ellos; es por mí.

—¿Te acuerdas del otro día, cuando dejaste que tu mente se apoderara de lo mejor de ti, y te preocupabas por todas las formas en que podía salirte mal? –pregunta Tony.

—No es mi imaginación... ¡Lo estoy estropeando!

Él niega con su cabeza llena de escamas.

—Todos tenemos pensamientos negativos. Superarlos es lo que nos diferencia a nosotros, los especialistas, del resto.

Tony es muy generoso al incluirme a mí en su grupo de súper especialistas.

grupo de súper
especialistas

—La verdad es que en este momento no me siento como un especialista.

Bajo la goma verde, sus ojos están serios.

—El gran secreto es que *nadie* se siente como un especialista, ni siquiera yo, ¡y llevo haciendo esto desde hace quince años!

—Señala su sien escamosa—. Todo está aquí... siempre lo ha estado y siempre lo estará. Recuérdalo: *parkour* significa "rodear obstáculos". Eso es algo que vas a tener que hacer durante toda tu vida, así que deberías ir acostumbrándote.

Collette levanta la mano para mantener a raya al grupo de gente que espera para hacerle preguntas y me dice que me tome unos minutos de descanso.

Matt llega corriendo con los bolsillos llenos de chocolatinas.

—Carly y yo nos vamos a curiosear por otra parte del plató. Te he visto hacer eslalon miles de veces. No necesito verte otra vez.

—No me está saliendo mal porque me estéis mirando —no quiero decirles a los demás lo que me preocupa, pero a Matt sí se lo digo—. ¿Y si pierdo a Frank por culpa de Bólido? ¿Y si esa señora se lo lleva y no vuelvo a verlo nunca más?

—Eso no va a pasar —Matt le da un enorme mordisco a una chocolatina—. Tío, hoy le has salvado la vida. Ha sido heroico de verdad. ¿Hacer un eslalon por una calle de mentira? ¡Eso está chupao!

Collette se acerca y me pregunta si ya estoy preparado para continuar. Tony también se acerca y Collette da un respingo cuando siente su piel de alienígena.

dar un respingo

—¡Preparado! —respondo.

Vamos hacia nuestras marcas cuando la ayudante de producción anuncia: "Secuencia 52, toma 9".

Cuando Collette grita "¡Acción!" salto a mi *skate* y me dirijo hacia el espacio que hay entre los dos primeros conos. Con Tony justo detrás de mí, zigzagueo entre los conos —izquierda, derecha, izquierda, derecha— hasta que llego al final. Doy la patada a mi tabla y hago el *nollie hardflip* más alto que he hecho en mi vida.

No sé si he tirado algún cono, pero no puedo girarme para verlo porque las cámaras siguen grabando y, si tomaran mi cara en vez de la de Tanya, estropearía la toma. Espero hasta que Collette dice "¡Corten!" y entonces miro atrás desde la colina.

Lo que veo es una fila de conos naranja perfectamente colocados en su sitio.

Collette hace un gesto de aprobación y todo el equipo aplaude.

—Te ha salido muy bien, chico. ¿Crees que podrías hacerlo una vez más para cubrirnos?

Miro hacia arriba, a Matt y Carly, los dos llenos de orgullo. Echo hacia atrás la melena de mi peluca y le digo a Collette que podría estar haciéndolo durante todo el día.

—Solamente necesito una toma más —dice—, pero gracias de todos modos.

Mientras Tony y yo volvemos a nuestras marcas, Tanya me saluda con la mano. Voy corriendo hacia ella para despedirme en persona, pero ya ha dado la vuelta a la esquina en dirección a su remolque. Visto y no visto.

Como si supiera lo que siento, Carly se me acerca y me dice que he hecho un gran trabajo. Miro a Matt, que me levanta los pulgares, luego salto a mi tabla para hacer mi última carrera para la película.

UNA VICTORIA BREVE

Cuando Ronnie me entrega a mi madre, mamá y papá me están esperando en la cocina. No veo la jaula de Frank por ninguna parte.

—¿Dónde está Frank?

—En la consulta, con una de las becarias —responde mamá.

entregar

—Me ha sorprendido volver a casa de una reunión y encontrarme a Jamie en la cocina con nuestro mono —dice papá—. Me ha costado conseguir que me contara los detalles.

Mamá está de brazos cruzados esperando en silencio mi respuesta.

—No os lo iba a ocultar. Quiero contároslo todo.

Me siento y les pongo al tanto de lo que ha pasado esta tarde. Incluso admito que he necesitado nueve tomas para que me saliera bien el eslalon.

Mi padre dice que le alegra que le haya contado la verdad, pero mi madre sigue callada. Cuando habla por fin, mantengo la respiración.

—Tenemos que contárselo a la señora de la organización que se ocupa del entrenamiento —dice.

—¡Pero por esta vez no ha sido culpa mía! —digo—. No quiero perder a Frank porque Bólido la haya liado.

—Colarse en la casa de otro y robar algo es delito —dice papá—. Esta noche hablaré con los padres de Bólido.

Me levanto de un salto y entonces Bodi lo hace también. Me inclino para calmarle antes de dirigirme a mi madre.

—¿Tenemos que decírselo a la gente de los monos? ¿No basta con que haya traído

de vuelta a Frank, sano y salvo, y que además haya terminado mi trabajo en la película?

Mamá sigue con los brazos cruzados,
pero sus ojos muestran compasión.

compasión

—Yo creo que es mejor si somos hones-
tos con ellos.

—¿Aunque eso signifique perder a Frank?
—le pregunto.

—Aunque eso signifique perder a Frank
—me acaricia el pelo como ha hecho siempre—. ¿Quieres venir a la consulta? Sé de un
mono que se alegrará de verte.

Antes incluso de que termine la frase, ya
he cruzado la puerta.

VUELTA A LA RUTINA

A la mañana siguiente, entro a hurtadillas en el colegio, aterrorizado por si me encuentro con Bólido. Él y sus padres estuvieron en mi casa anoche, y su padre le hizo pedir perdón a mis padres y luego a mí. He tenido que pedir disculpas a docenas de padres durante años, pero no me produce ningún placer ver a Bólido retorcerse de vergüenza.

retorcerse

Puede que haya sido mi imaginación, pero creí haber visto algo en los ojos de Bólido que podría interpretarse como *Ésta me la vas a pagar.* Mi madre ha insistido en que las disculpas de Bólido eran sinceras y no debía ser mal pensado. De todos modos, no quiero arriesgarme..., aunque me siento un poco bobo caminando con sigilo por el pasillo detrás de la señora Myers y su carrito de la biblioteca.

—Todavía me debes un libro, Derek —me susurra mientras me escabullo por el pasillo.

Le digo que casi lo he terminado (una absoluta mentira) y entro disparado en el aula de Plástica.

Logro pasar mis dos primeras clases manteniendo la cabeza agachada, pero, cuando salgo de la de Inglés, Bólido me está esperando en la puerta.

—Lo de anoche fue bastante humillante —dice.

Es casi una cabeza más alto que yo, pero reúno suficiente valor para responderle.

—Tendrías que haber pensado en las consecuencias antes de raptar a Frank.

—Mi madre se puso hecha una fiera —continúa Bólido—. Me ha cogido todos los videojuegos y estoy castigado durante un mes.

Me encojo de hombros.

hecha una fiera

—Parece una sentencia razonable para ese delito.

Me sorprende que esté de acuerdo conmigo.

—Me dijo que tus padres podrían haber llamado a la policía. Me alegro de que no lo hicieran. Lo que de verdad me hizo sentir mal fue que pudieras quedarte sin Frank —dice Bólido—. Espero que te dejen tenerlo.

—Teniendo en cuenta que no fue culpa mía... —añado.

—Teniendo en cuenta que no fue culpa tuya —repite.

Le dejo de pie en el pasillo y me voy a mi siguiente clase.

Me llevo un buen susto cuando la señorita McCoddle llama a María para que salga a presentar su trabajo. Estas últimas semanas las tengo como en una nube, y he olvidado completamente que hoy teníamos que presentar los trabajos de lectura. Miro a Matt y a Carly, que sí tienen los suyos. Por nada del mundo quiero que la señorita McCoddle me ponga de ejemplo de alumno que cree que

aprieto

conflicto

tiene cosas más importantes que hacer que sus deberes (sí es verdad que tenía cosas más importantes que hacer, pero aun así...).

Matt se da cuenta de que estoy en un aprieto y, cuando María termina de leer, levanta la mano.

—No entiendo el conflicto del que hablas que refleja ese libro. ¿Podrías explicarlo otra vez?

En cuanto María termina de responder a su pregunta, Carly levanta la mano también.

—¿Has leído alguno de los otros libros de ese autor? –pregunta Carly–. ¿En qué se parecen a este?

María se apoya contra la pizarra y comenta dos de los otros libros del autor. Levanto la vista para ver si la señorita McCoddle sospecha que estamos alargando el ejercicio, pero ella está atendiendo y también hace algunas preguntas. Cuando María se sienta, Carly se ofrece a ser la siguiente y, después de ella, lo hace también Matt. Antes de que nos demos cuenta, suena el timbre y la clase ha terminado.

—Sois los mejores –les susurro a Matt y a Carly mientras recogemos nuestras cosas–. Ni siquiera he terminado de leer el libro. Me habéis salvado.

—Es lo menos que podiamos hacer, después de habernos llevado al plató –dice.

—Y habernos dejado pasar un rato con Tanya Billings –añade Carly.

Mientras salimos de la clase, la señorita McCoddle nos habla desde su mesa.

—Que os haya tenido a los tres en la escuela infantil no significa que podáis engañarme. Espero que el lunes lo tengas todo preparado, Derek. ¿Entendido?

—Entendido.

Nos vamos deprisa por el pasillo. No me preocupa todo lo que tengo que leer este fin de semana ni cómo la señorita McCoddle ha descifrado nuestro plan. Durante un minuto, ni siquiera me preocupa mi reunión de esta noche con la señora de la organización que adiestra los monos. En lo único que pienso es en lo estupendo que es tener amigos que me apoyan cuando los necesitas.

descifrar

¿SÍ O NO?

La señora de la institución encargada de os monos vendrá después de cenar, así que lanifico cómo podría ir nuestra conversación. arece una locura, pero hacer *parkour* me ha yudado en otros aspectos de mi vida, no solo n hacer acrobacias. Quizá no vuelva a ver a ony, pero de él he aprendido lo importante ue es planificar y que casi siempre los obs- áculos pueden superarse. ¿Quién podría ima- inarse que aprendería lecciones de vida de un o que corre por una calle envuelto en llamas?

Cuando llega la señora, no es del estilo abuela" de la que ayudó hace unos meses

agobiada

aventura

a que Frank se quedara con nosotros. Esta se llama Wendie y es una señora agobiada y gruñona. Menos mal que Frank no puede contarle nuestra aventura en el almacén está sentado en su jaula limpia con su biberón lleno de agua, con aspecto de ser el capuchino mejor cuidado del mundo.

—Bien —empieza Wendie—, ¿puedes explicarme por qué el pobre Frank tuvo que ser operado de urgencia?

Antes de que llegara Wendie, mi madre me había dicho que yo daría la cara en esta reunión, que esta vez no me iba a echar un cable. Así que, cuando la miro, la veo de brazos cruzados, como si no tuviera intención de responder a la pregunta de Wendie. Yo le explico lo del caballo de juguete y la suerte que tuvo Frank de que mi madre sea veterinaria, porque tuvo tratamiento médico inmediato.

—Eso es verdad —dice Wendie—. Pero le habría ido mejor si no hubiera necesitado que le operaran, ¿no te parece?

Miro a mamá, que sigue sin hablar.

—Desde luego, le habría ido mejor si no se lo hubiera tragado —respondo—. Lo comprendo.

Wendie abre la jaula y saca a Frank. Le mira el pañal y hace un gesto rápido de aprobación cuando ve que está limpio. Luego le habla con voz ultramaternal, que es incluso peor que la de mi madre cuando se dirige a los animales.

—¿Y tú qué piensas, Frankie? ¿Quieres quedarte con los Fallon o venirte conmigo a Boston? —la voz se le pone todavía más ñoña—. ¿Quién es el niñito de Wendie...?

Miro a mamá buscando apoyo, pero parece que está a punto de explotar de risa. Yo le pongo cara de *¡No me lo fastidies!* y ella respira hondo y vuelve a ponerse seria.

Wendie se vuelve hacia mí.

—¿Hay algún otro incidente del que deba ser informada antes de tomar mi decisión?

Mamá levanta las cejas tanto que parece un malo de los dibujos animados. Sé lo que está esperando, pero yo todavía dudo.

dudar

—Bueno —empiezo—, un chico de mi colegio..., no es uno de mis amigos, que quede eso claro..., hizo algo así como raptar a Frank esta semana.

—¿Cómo dices?

—Pero le alegrará saber que lo volví a traer a casa inmediatamente y sin un rasguño.

Wendie abraza todavía más a Frank.

—Cuéntame qué pasó.

Así que me lanzo con la historia de Bólido, haciendo énfasis en lo rápido que entré en acción para salvar a Frank.

énfasis

—Mis amigos, Matt, Carly, Jamie y Ronnie, me ayudaron. Frank tiene en ellos un auténtico apoyo —es una frase que le he oído decir a mi madre un millón de veces, y espero que impresione a Wendie.

Ella sacude la cabeza.

—No estoy segura de que este sea el entorno adecuado para uno de nuestros capuchinos.

Es la frase que he estado temiendo durante semanas, y todo mi cuerpo se desploma decepcionado. Cuando miro a mi madre, veo que sigue teniendo levantada la ceja. Sé por experiencia que está esperando a que continúe. Me siento desinflado, sin aire, pero la terca expresión de mi madre me empuja a seguir.

desinflado

—No es culpa mía –le digo–. No se me puede hacer responsable de que un lunático se cuele en nuestra casa.

—¿Has dicho "lunático"?

Me doy cuenta de que al comparar a Bódido con un lunático no he elegido bien las palabras, y empiezo otra vez.

—Nuestra casa es mucho mejor para Frank que una sala enorme en Boston llena de monos –le digo.

—En realidad, hay una lista de espera de gente que quiere ser familia de acogida. Iría con una de estas familias. Una que lo cuide para que pueda vivir muchos años y mejorarle la vida a una persona discapacitada.

Intento con todas mis fuerzas ser educado, pero no puedo pasar por alto este último comentario de Wendie.

—No me gusta tener que decirle esto, pero a todo el mundo le puede ocurrir un accidente. Desde luego, fue una estupidez dejar un juguete al alcance de Frank, pero eso no quiere decir que otra familia no vaya a cometer errores. ¿Y si otra familia de su lista corta un trozo de zanahoria demasiado grande y Frank se atraganta? ¿Y si tuviera un ataque y el veterinario más cercano estuviera a una hora de distancia? —señalo a mi madre, que sigue sin contribuir con sus palabras—. Y, en cuanto a Bólido, está muy arrepentido por lo que ha hecho…, y no sólo porque sus padres le hayan castigado —empiezo a ganar fuerza—. De todos modos, Bólido no tiene nada que ver en esta conversación.

contribuir

arrepentido

—¿No tiene nada que ver? —pregunta Wendie.

—No, la cosa es que Frank se siente parte de nuestra familia. *Le encanta* estar aquí. Suponga que se lo dan a una familia que no vea películas antiguas de vaqueros. A Frank le gustan esas películas, ¿lo sabía?

Wendie dice que no sacudiendo la cabeza.

—Lo que más le gusta hacer es sentarse con Bodi y conmigo en el sofá. Siempre está muy relajado, con una enorme sonrisa.

Mis palabras me convencen hasta a mí mismo. Frank es la parte más importante de esta conversación. Corro un riesgo bárbaro y extiendo los brazos hacia Frank. Sin pensárselo dos veces, deja la comodidad de los blandos brazos de Wendie y salta a los míos. Apoya la cabeza contra mi pecho y se queda ahí.

—Frank está donde tiene que estar —termino—. Si se lo lleva ahora, lo único que conseguirá será confundirlo y hacer que se sienta solo.

Wendie echa el cierre a la jaula para evitar mirarme a los ojos.

—¿Es tu teoría? ¿Te has convertido en una especie de "niño que susurra a los monos"? ¿Sabes lo de que los animales piensan y sienten?

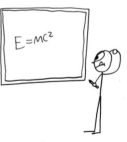

teoría

Señalo al otro lado de la habitación.

—A lo mejor es genético. Mi madre también es bastante buena en lo de entenderse con los animales.

Wendie hace un gesto de afirmación con la cabeza y le dice a mi madre que estarán en contacto.

Por primera vez en la reunión, mi madre habla.

—Mi hijo le ha dado buenos argumentos –dice–. Espero que considere sus razones seriamente.

Wendie coge su bolso de la mesa de la cocina.

—Les llamaré mañana para comunicarles mi decisión.

persuasivo

Cuando Wendie ya se ha ido, mi madre extiende los brazos hacia Frank. Supongo que ella también necesita ese calor después de tanta tensión.

—Has sido muy persuasivo –admite–. Pero ya no está en nuestras manos.

Mi cuerpo acaba hundiéndose por el estrés y el miedo de perder a mi mono, y me siento en la silla que tengo más cerca. Cuando Frank aparta la vista de mi madre y me mira, es casi como si me preguntara: *¿Estás bien?*

Mañana te lo diré.

¡UY, UY, UY!

mueca

Entro en la cocina a la mañana siguiente, y veo a mi padre haciendo una mueca mientras habla por teléfono: ¡mira que es un tío raro...!

Cojo una galleta y voy hacia la puerta, pero él me detiene.

—Está aquí mismo.

Su sonrisa es todavía más boba cuando me pasa el teléfono.

—¿Es Wendie? –le digo en voz baja–. ¿Puedo quedarme a Frank?

—No es Wendie –responde.

— Entonces, ¿quién es?

extravagante

Su única respuesta es esa expresión extravagante. Me pongo el teléfono en la oreja.

—Hola, Derek. Soy Tanya Billings. ¿Cómo estás?

Mientras miro el teléfono, mi padre se encoge de hombros como si dijera: *Ya te lo he dicho*. Por fin lo entiendo y le digo a Tanya que estoy bien.

—¿Has visto el vídeo en YouTube? —pregunta.

¡Por favor, no me digas que alguien se ha hecho con el vídeo de Matt donde estoy leyendo! Le digo que no y corro al portátil de papá que está en la habitación de al lado.

—Al principio estaba enfadada —admite—. ¡Pero es genial! Tiene más de dos mil visitantes.

—Esto..., ¿cómo se llama el vídeo? —casi me da miedo saberlo.

—*Tanya Billings salva a un mono salvaje*.

—¿Cómo?

Pues sí, sale un vídeo con Tanya trepando por una pared de cajas para salvar a un mono capuchino. El vídeo termina en cuanto llega a la parte más alta de los estantes.

Solo que no es Tanya. Soy yo.

—Mi teléfono no ha dejado de sonar —dice—. La gente piensa que ahora hago mis escenas peligrosas. ¿Le has dicho a tu amigo que colgara esto? ¡Eres un genio!

Mientras me veo a mí mismo trepando por segunda vez para rescatar a Frank, intento decidir si debo decirle a Tanya que no tengo nada que ver con el hecho de que Matt haya colgado este vídeo, pero me quedo callado. Me alegro de que Frank esté a suficiente altura para que no revele que es él. Wendie no parece una persona que vea vídeos en YouTube, pero eso nunca se sabe. Hoy es el día en que sabré si nos lo quedamos, y no quiero que nada lo estropee.

notoriedad

—Primero haces ilustraciones para ayudarme a estudiar mi papel, luego me das esta notoriedad gratis...: me alegro muchísimo de haberte conocido.

Antes de que pueda preguntarle cuál va a ser la próxima película que va a hacer o si quiere venir a mi casa alguna vez, cuelga. Me quedo mirando el teléfono, que se ha quedado en silencio, y presiento que es la última vez en mi vida que hablo con Tanya Billings.

Le mando un mensaje a Matt:

tas loco? xq lo as colgado?

Poco después, me contesta:

xq trepas cmo chica

También se disculpa por haber colgado un vídeo sin mi permiso. Otra vez ruego que nadie le enseñe el vídeo a Wendie hoy.

Mi padre me da una zanahoria untada con mantequilla de cacahuete.

—¿Hoy no viene Ronnie?

—Creo que por esta semana ya ha tenido suficiente —respondo—. Volverá el próximo martes.

—¿Entonces vas a terminar el libro tú solo?

—Ya *tengo* 12 años —respondo—. Leer sin ayuda *es* una posibilidad.

Mi madre viene de la consulta y me da un sobre dirigido a mí. Ya no me acuerdo de cuándo fue la última vez que recibí correo de verdad. Todavía me sorprendo más cuando veo lo que hay dentro.

sorprendido

—¿Es una broma? –pregunto.

Papá mira por encima de mi hombro el cheque del estudio y da un silbido.

—Es más que todo el dinero de cumpleaños que has recibido en toda tu vida.

—Multiplicado por diez –añade mamá.

—No se lo digáis a los del estudio –digo bajando la voz–, pero yo hubiera trabajado en esa película gratis.

—Deberías añadirlo a los ahorros para la universidad –propone mi padre.

Tengo que conseguir que mi madre me lleve al paseo de Santa Mónica para fundirme algo de este dinero, antes de que tengan otras ideas brillantes.

Paso varias horas leyendo mi libro y dibujando mis palabras de vocabulario. Pero lo que más hago es mirar el reloj. Antes incluso de que yo haga la pregunta, mi madre me responde.

—No tardará en llamar –dice mamá.

—Lo está haciendo para torturarme, lo sé.

—Lo creas o no, Derek, las cosas no siempre tienen una relación directa contigo.

Se apoya un montón de toallas en la cadera y empieza a subir por la escalera.

Miro mi correo electrónico y me sorprende ver un mensaje con un adjunto. Es una nota rápida de Tony:

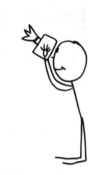

fotógrafo

He pensado que te gustaría ver esto. Ha sido estupendo trabajar contigo. Me acordaré de ti la próxima vez que necesite un chico superespecialista que haga de doble.

Abro el archivo adjunto. Es una fotografía que tomó el fotógrafo del plató la semana pasada. Tony y yo estamos en lo más alto del desguace planificando el recorrido entre docenas de obstáculos. Aunque es una fotografía, y no un vídeo, puedo oír las palabras de Tony como si estuviéramos allí ahora. *Puedes hacerlo. Tómatelo con calma y planifícalo.*

Supongo que es un buen consejo para cualquier proyecto, y me da la energía para concentrarme otra hora más en mi trabajo. Cuando suena el teléfono, cruzo la habitación y me quedo junto a mi padre.

—Sí –dice al teléfono–. Claro, lo entiendo.

Mi madre parece tan ansiosa por oír la decisión de Wendie como yo. Mi padre habla durante un rato más, antes de colgar y volverse hacia nosotros.

—Nos lo podemos quedar... –dice.

Doy un salto enorme, pero la expresión grave de mi padre me pone los pies en el suelo de golpe.

—... pero con condiciones –continúa–. Quieren hablar con nosotros una vez a la semana y que les demos un informe por escrito cada mes, y reconsiderarán la decisión dentro de noventa días.

con condiciones

Mamá asiente con la cabeza.

—Es justo.

—*No* es justo –digo–. Nunca van a encontrar otra familia que quiera a Frank tanto como nosotros.

—Ya sabes que tienen una larga lista de espera –continúa mi padre–. Pero

peso mayor

adolescente

consideran que tener una clínica veterinaria en la puerta de al lado tiene un peso mayor que los riesgos.

—¿Te refieres al riesgo de tener un compañero de clase que rapte otra vez a Frank? ¿O al riesgo de que deje otra vez algún juguete sin recoger?

—Lo creas o no, no te culpan por lo de Bólido. Lo que más les preocupa es la seguridad de Frank en casa conviviendo con un adolescente.

—Tienes una oportunidad real de ponerte tú mismo a prueba —me dice mamá—. Tienes suerte de poder tener una segunda oportunidad.

Tres meses de espera para averiguar si puedo quedarme con Frank unos años más no me parece que sea tener suerte, pero desde luego es mejor que ver entrar hoy a Wendie en casa para llevárselo para siempre.

Mamá saca a Frank de su jaula. En vez de abrazarlo, lo sostiene con los brazos extendidos.

—Es todo tuyo —me dice mientras me
o da.

Mi madre es una de las personas más lis-
tas que conozco. Yo estaba tan preocupado
por perder a Frank que sabe que lo último
que haría ahora es quejarme por su cuidado diario. Lo raro es que no me importa hacerlo; yo *quiero* cuidar de Frank, aunque eso
tenga que ver con guantes de goma y caca
de mono.

—Muy bien, grandullón –le digo–. Te vie-
nes conmigo.

Mientras camino hacia la consulta de
mamá con Frank en los brazos, te prometo
que el mono me da un apretoncito malicioso. Y eso hace que me pregunte quién está
entrenando a quién.

malicioso

OTRA VEZ LO DE SIEMPRE

El lunes por la mañana, la señorita Mc-
Coddle no pierde ni un minuto en sacarme
a mí el primero, como si se hubiera pasado
el fin de semana planeándolo.

—Mi libro es el segundo de una serie
—empiezo—. El primero era más de miste-
rio, pero este se centra más en un chico y
su mejor amigo.

—Continúa —dice la señorita McCoddle.

Mientras leo las palabras que he escrito,
recuerdo de repente el vídeo que Matt colgó en YouTube. El recuerdo es físico, como
una puñalada en la tripa.

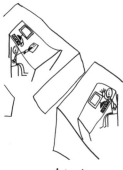

cubículo

—¿Te encuentras bien, Derek? —me pregunta la señorita McCoddle.

No quiero decirle que cada vez que leo en voz alta me sigue preocupando hacerlo mal o que lo haré mal toda mi vida, o que cuando sea mayor y trabaje en un cubículo seguiré dibujando palabras de vocabulario. Así que comento a la señorita McCoddle que estoy bien, y sigo poco a poco con el siguiente párrafo. Al final de una frase, levanto la vista para echar un vistazo a Matt, que me da ánimos con su expresión y me empuja a seguir.

—En este libro había montones de aventuras, muchos saltos y carreras, que son cosas que me gustan. También había momentos muy conmovedores, incluso algunos te dejaban hecho polvo; por esas partes he pasado todo lo rápido que he podido para poder volver a las que tenían más acción.

Tom levanta la mano y pregunta sobre uno de los animales del libro. Le respondo con tanto detalle que la señorita McCoddle acaba por decirme que ya es suficiente.

—¿Eso es todo? –pregunta.

—¿Es que no es bastante? Pero si me he leído el libro entero... –voy hacia mi sitio.

Mientras los demás presentan sus trabajos, abro mi cuaderno de dibujo por donde tengo la foto de Bodi y Frank que he tomado este fin de semana. Están sentados uno al lado del otro en el sofá y detrás de ellos se me ve a mí reflejado en el espejo mientras les tomo la fotografía. Noventa días de papeleos y llamadas telefónicas parecen una máquina de tortura de estos tiempos, pero, si eso es lo que quieren para que siga teniendo a Frank, eso es lo que haré.

El resto del día pasa con increíble lentitud, como algunas escenas de película que se ponen a cámara lenta para enfatizar algo guay, por ejemplo un coche que se despeña por un acantilado. Miro por la ventana y me imagino el estreno de la película de Collette con Tanya Billings y yo saliendo de una limusina delante del Mann Village Theatre. Tanya lleva un vestido dorado con brillantes y yo llevo frac, quizá incluso una boina

limusina

y un bastón de plata. Comemos un montón de palomitas gratis durante la película y los espectadores aguantan la respiración cuando realizo mis acrobacias desafiando a la muerte. Después vamos a una fiesta con esculturas de hielo gigantes donde puedes combinarte el helado a tu gusto y hay cientos de personas en pleno clamor porque quieren nuestros autógrafos.

clamor

Una serie de toses me devuelven a la realidad. Carly está al otro lado del pasillo y cuando la miro garabatea algo en un trozo de papel y luego lo levanta. *¡Deja de sonreír!*

Le hago un gesto con la mano para que lo deje estar y me centro en la señora Decker que está dando la clase. Sé que lo que sueño despierto es completamente ridículo (no me van a invitar al estreno y es difícil que alguien sepa que salgo en la película), pero, a pesar de eso, toda la aventura ha sido positiva. Hace que me pregunte qué otras estupendas sorpresas me esperan este año. Las posibilidades son infinitas y estoy deseando salir de clase cuanto antes para explorarla.

todas. Pero la realidad entra de golpe cuando veo a la señora Decker de pie a mi lado.

—¿Derek? ¿Y tú qué piensas? —me pregunta.

Miro a Carly y luego a Matt, que se lo están pasando pipa porque la señora Decker me ha pillado mientras estaba soñando despierto.

—Estooo..., ¿un mono?

Varios chicos se ríen y la señora Decker sacude la cabeza.

—*No*, me temo que la persona que inventó la vacuna contra la polio no era un mono. ¿María?

Me encojo de hombros y dejo que alguien más intente dar con la respuesta.

Y eso está bien, porque mi limusina me está esperando.

vacuna

FIN

NO
TE PIERDAS
LA OTRA
AVENTURA
DE
DEREK
FALLON

Janet Tashjian

Mi vida
es un
cuento

Dibujos de Jake Tashjian

...busca un buen plan para
...o: un campamento donde
practicar con el monopatín,
bromas en el vecindario, o
de vacaciones con su Mejor
...o.
...a idea de quedarse en casa con
... libros que le mandan leer en el
...le no le termina de convencer.

¡Él sí que tiene
buenas historias que contar!

EL CULTURAL (Diario EL MUNDO)

MI VIDA ES UN CUENTO

Aunque el punto de partida del
argumento sea un cómic, los
personajes tienen hondura, y
adonde conduce la aventura es a
la complejidad y la riqueza de la
vida real, la que el imaginativo
Derek descubre.